「スズメと会話できたら楽しそうだ」

「会話、ではないかも。

私の言っていることはあまりわかってないと思う。

それでも十分大切な私の仲間なの」

「俺をその次の仲間リストに加えてほしいよ」

「え？ チュンの次でいいの？」

「ロブ、金色の鹿、ヤギ、スズメ、
その次が大型犬の俺」

Contents

スープの森

～動物と会話するオリビアと元傭兵アーサーの物語～

守雨

Illustration むに

プロローグ

オリビアを拾って育ててくれた祖父ジェンキンズが、七十八歳で亡くなった。

オリビアを心から愛してくれた祖母マーガレットは、わずか四日前に七十五歳で亡くなったばかりだ。

相次いだ旅立ちに、祖父母の知り合いたちは驚いたが、この国では二人とも大変な高齢だ。だから葬儀の後に店で行われた昼食会では、悲しみよりも諦めが漂っていた。

弔問の客たちは皆、オリビアのところに来ては口々に慰めを言ってくれる。

「二人とも年に不足はない。こればかりは仕方がないことだよ」

「仲のいい夫婦だったからね。離れたくなかったんだろう」

「今頃神の庭で再会を喜んでいるだろうさ」

そして皆、最後には同じことを言って離れていく。

「オリビア、元気を出すんだよ。困ったことがあったら、いつでも頼っておくれ。ジェンキンズとマーガレットは、オリビアのことだけを心配していたんだ。助けが必要なときは、遠慮しないで相談してくれ」

全ての客に笑顔で礼を言い、オリビアは気丈に振る舞った。
だが、最後の一人が帰った後、ガランとした雰囲気の店にいるのに耐えられず、午後の遅い時間に森へと出かけた。

顔見知りのスズメが一羽、真っ先に飛んできた。スズメは、そのままオリビアにつき添うように枝から枝へと飛び移りながら移動する。スズメの仲間が途中で合流し、同じようにあとをついてくる。

数十羽のスズメの群れを引き連れながら、オリビアは奥へ奥へと森を歩く。途中で出会ったアナグマはオリビアの悲しみの深さに恐れ慄きながらも、餌探しを途中でやめてついてくる。

やがて流れの速い川にぶつかった。

オリビアは川原の大きな白い石に腰かけると、ぼんやりと川面を眺め続けた。彼女の胸から悲しみの感情が尽きることなくあふれて広がる。

川の向こう岸で、カワウソの夫婦が顔を出した。川を越えて流れてくる悲痛な感情に驚き、何度も立ち上がってはオリビアを見ている。

しばらくすると、川上の森の端から顔なじみのキツネが現れた。キツネはオリビアの数メートル先で足を止めた。そこからオリビアを見て『キューン』と鼻を鳴らす。『痛いの？』と心配しているのだ。

「痛い、かな。私のおじいさんとおばあさんが亡くなったの」

オリビアが、心の中で永遠の眠りに就いた祖父母を思い浮かべると、大人のキツネは何があったのかを理解したようだった。キツネはオリビアに近寄り、彼女の手に頭を二度、三度とこすりつける。

「ありがとう。優しいのね」

やがてキツネはオリビアの横に座った。キツネから少し離れた場所には、キツネを警戒しながらアナグマも座っている。木々の枝にはたくさんのスズメ、コマドリ、オオルリ、カケス、ツグミ。野の鳥たちは、ときおり鳴き交わしながらオリビアを見ている。


川岸の向こう側、川上の森から大きな獣が姿を現した。

途端にキツネは足音を立てずに森へと帰っていった。アナグマはすでにいない。小鳥たちが一気に騒がしくしゃべり出した。

『熊だ』

『熊が来た』

『人間、危ない』

オリビアはゆっくり立ち上がり、熊に視線を向けたまま静かに後ずさりを始めた。熊の身体能力はとんでもなく高い。それは元騎士の祖父から繰り返し聞かされてきた。

だが熊は川を渡ってくる様子がない。熊からはなんの感情も伝わってこない。川岸でじっとオリビアを眺めているだけだ。

「おなかは空いてないようね。よかった」

オリビアは少しずつ後ろ向きに下がり続けた。やがて森に入ると、後ろを振り返りながらできる限りの早足で家を目指した。

オリビアを見送った熊は、くるりと背中を向けて森に戻っていった。

※・・・※・・・※

オリビアは知らないことだったが、熊はオリビアを覚えている。十五年前、オリビアが五歳のときに、心から悲しみをあふれさせながら森を走って逃げ続けるのを見守ったことがあるのだ。

当時、熊はまだ若く、夜の森で食べ物を探していた。

すると、遠くから悲しみの塊(かたまり)が近づいてくるのに気がついた。『なんだ?』とその正体を確かめるべく、熊は悲しみの塊を目指して近寄った。森の中に、若い熊の敵はいない。いるとしたら他の大人の熊くらいだ。

しばらくすると、月明かりだけの暗い夜の森の中を、人間の子供が走ってくるではないか。

人間は夜に出歩くことがないし、そもそも人間の子供は一人で森に来る生き物ではない。

『後ろに猟師がいるのだろうか』と考えた熊はしばらく周辺の音と匂(にお)いを探ったけれど、間違いなく子供は一人だった。

その子供は小さな身体から、悲しみ、絶望、恐怖を次から次へとあふれさせている。それが物珍しくて、熊は少女に付かず離れずの距離をついて動いた。暗い森の中では、茶色の熊は目立たない。子供は自分の恐怖に囚(とら)われていて、熊がついてくることに全く気づいていない様子だ。

やがて人間の子供は木にもたれかかって眠ってしまった。

『すぐに食われてしまう』

この森には狼(おおかみ)もいればキツネもいる。いい匂いの人間の子供など、骨まで食い尽くされてしまうだろう。熊はなぜかこの子供を守りたくなった。小さな身体からあふれている悲しみと恐怖に同情したのかもしれない。

以前、崖(がけ)から落ちた年寄りの熊が、こんなふうに悲しみと絶望と恐怖を辺りに撒(ま)き散らしながら息絶えるのを見たことがあった。

子供はぐっすりと眠ってしまい、そのまま朝を迎えた。

『人間だ。人間が来る』

人間の話し声が聞こえてきたので、熊は子供から離れ、木の影から見守ることにした。人間がこの子供に害をなすようなら、姿を現して追い払ってもいいか、と思う。

「ジェンキンズ、見てごらんなさいよ、あそこにいるのは子供よね？」

「本当だ。死んでいるんじゃないだろうな？」

そう言うと二人の人間は子供に駆け寄り、あれこれと触ったり声をかけたりした。

「お嬢ちゃん、どうした？　一人なのかい？」

「ああ、顔も手足も傷だらけだわ。いったい何があったのかしら。服が夜露でぐっしょり濡れてるわよ。まさか一晩中この森にいたんじゃないでしょうね」

人間の子供が目を覚まし、『安心』と『喜び』が猛烈な勢いで流れ出してきた。

『大丈夫か』

熊は子供から離れて静かに逆方向に進み始めた。

「ジェンキンズ、あなたなぜさっきから後ろを振り返っているの？」

「マーガレット、気づかなかったのか。大きな若い熊がこの子の近くにいたんだ。俺たちが近寄ったら離れていったんだよ」

「なんですって！　ああ、よかった！　私たちが来るのが遅れたら、きっとその熊に食べられていたわね」

「うん、まあ、そうかもしれないな」

ジェンキンズの口調は妙に歯切れが悪い。彼には熊がこの少女を見守っているように見えたのだ。

（まさかな）

自分のそんな考えを笑って打ち消し、ジェンキンズは少女を抱え上げた。少女は大人しく抱かれている。着ている服や肌と髪の手入れの具合から、この少女は間違いなく貴族の子だと思った。


マーガレットはジェンキンズと並んで歩きながら少女に話しかける。

「あなた、お名前は？」

「オリビア」

「あなたの家族は？　おうちの人はどこにいるの？」

家族、と言った瞬間に、少女は怯(おび)えを見せた。

「助けてください。私を家に戻さないで。お願いします。お願いします！　助けてください！」

少女は自分の名前をオリビアと名乗った以外、ひたすら救いを求めるだけだった。

その様子を戸惑いながら見つめていたマーガレットは、少女の必死さが哀れでついに泣き出した。

「あなた、この子はきっと自分の意思で家から逃げてきたのよ」

「そのようだな」

「オリビア、安心しなさい。あなたを家には戻さないわ。私たちの家に行きましょう。おなかが空いてるわよね？　喉も乾いているんじゃないかしら。さあ、一緒に行きましょう。美味しいスープを作ってあげる。飲めば元気になるスープよ」

※・・・※・・・※

これがオリビアと養祖父母との出会いである。

ジェンキンズとマーガレットは、オリビアを慈しんで育て、生きていくための膨大な知識と技術を教えてくれた。

祖父からは家の維持管理の方法、釣りの知識と技術、森の中で気をつけるべきことを教わった。祖母からは美味しい料理の作り方、薬草の知識、病気の見分け方を教わった。

そして二人から、夫婦が互いに相手を愛して労り合う生き方を学んだ。

夜、月明かりに照らされた庭を眺めながら、オリビアはこれから始まる一人の暮らしに気持ちを引き締める。

「おじいさん、おばあさん。本当にお世話になりました。おかげで私、一人でも生きていけます。二人には内緒にしていたけれど、私は人や獣の心の声が聞こえるんです。おじいさんもおばあさんも、私を心の底から愛してくれましたね。本当にありがとうございました。私、ここでスープを作って暮らします。森で私を保護してくれたあの日、おばあさんが作って飲ませてくれたような、誰かを元気にするスープを作り続けます。どうか、そこから二人で見守っていてください」

1　雨と傭兵と三種の豆のスープ

『スープの森』は日替わりのスープがメインの食堂だ。スープは新鮮な野菜をたっぷり使った食べ応えのあるものが多い。

朝の八時。店主のオリビアが台所に立った。明るい茶色の髪は調理の邪魔になるから後ろでひとつに結んである。

「今日は豆とベーコンのスープ、かな」

季節は春。新豆の季節だ。

昨日仕入れた豆は水に浸してある。自作のベーコンは食べ頃だ。オリビアはかまどに火をおこし、豆と水を入れた鍋を上に載せた。

開け放った窓からパタパタという小さな音が聞こえてきた。

「降ってきた」

窓の外の地面が点々と黒くなり、雨の降り始めの匂いがしてくる。エメラルド色の瞳に、庭にいた愛犬のロブが「仕方ない」という風情でドアの犬用の出入り口から店の中に入ってくるのが映る。

ロブはそのまままっすぐ店を縦断し、自分の寝床に向かう。階段脇の寝床でグルグル回ってから丸くなった。

雨はすぐに本降りになった。

雨樋（あまどい）を伝った水が大きな水瓶（みずがめ）に落ちるジャバジャバという音が聞こえてくる。

『スープの森』は街道沿いにある店で、近所に家は一軒もない。

オリビアは五歳からこの家で育っているのでなんとも思わないが、都会育ちの女性ならとても怖くて一人では住めないだろうと思う。

「あの子がいてくれるおかげね」

そう言いながらロブを見る。

ロブは体を丸くして尻尾（しっぽ）をくるりと体に巻きつけて寝ていたが、オリビアの声を聞いて目を開けてこちらを見た。

「いい子ね、ロブ」

ロブは丸まったまま、パタパタと尻尾の先を動かした。

微笑（ほほえ）みながらベーコンを刻む。オリビアが自分で燻製（くんせい）にしたベーコンはいい香りがする。刻み終えて、台所から何気なく外を見た。

「あら。あの人、大丈夫かしら」

街道のだいぶ先。本降りの雨の中を、一人の男性が歩いてくる。この辺りに雨宿りする場所はこの店しかない。

男性は雨宿りをする気も急ぐつもりもないらしく、顔を少し下に向けてゆったりと歩いている。

窓越しの視線に気がついたのか、その男性が顔を上げてこちらを見た。

オリビアは小走りにドアに向かい、入り口のドアを開けて手を振った。

男性がこちらに方向を変えた。それを確認して、オリビアは急いで布を取りに二階へと上がる。


布を抱えて階段を下りたところでカラン、とドアベルの音がした。ずぶ濡れの男性がドアのところに立って店内を見回している。

おそらく店内に置いてあるたくさんの背の高い鉢植え、天井から吊り下げられたシダの鉢、窓際に並べてある花の鉢に驚いているのだろう。

「少し、雨宿りをさせてもらえますか」

「はい。どうぞお好きなだけ。これ、身体を拭くのに使ってください。着替えはありますか？」

「あるけど、おそらく全部濡れてますね。火のそばに近寄ってもいいですか」

「ええ、どうぞこちらへ」

男性はぐしょ濡れのコートを脱ぎ、入り口近くの壁のコート用フックにかけた。コートから雨水が滴り、クルミ材の床にたちまち水溜りを作り始める。

「ああ、すみません。床が」

「気にしないで。よくあることです」

笑顔で玄関の隅に置いてある木桶をコートの下に置いた。

男性は外套の下はシャツ一枚だった。

そのシャツは濡れて肌に貼りついていて、分厚い胸板と日に焼けた肌が見て取れる。大柄な男性の身長は百八十を軽く超えていて、灰色の短い髪に瞳は明るい茶色だ。

自分一人の店に見知らぬ男性。不安や心配をあげたら一軒家で商売はできない。

オリビアは男性を調理場に案内した。

椅子をかまどの前に置いて「どうぞ」と手で示した。

「ありがとう」

「どうぞ。温まってね」

何か着替えを、と二階へ駆け上がる。

祖父の服の中でも一番ゆったりしているシャツとズボンをタンスから引っ張り出した。

階段を下りて台所を見ると、男が椅子に座ってかまどに手をかざしていた。

「あの、祖父のものですけど、着替えませんか？　そのままでは風邪(かぜ)をひいてしまいそう」

「余計なことかもしれないけれど、不用心ですね」

「え？」

「調理場に見知らぬ男を招いて二階に上がった。包丁で襲われるかもしれませんよ？」

「ああ、そういうこと。私に危害を加えようとしたら、あの子が飛びかかって嚙(か)みつきますので」

ロブがのっそりと立ち上がり、ピタリと視線を男性に向けたままオリビアの斜め前に立った。

「ほう。よく訓練されていますね」

「ええ、私がそう訓練しました。さあ、おしゃべりしている間に身体が冷えてしまいます。あちらで着替えませんか？」

「助かります。ではお言葉に甘えさせてもらいます」

男性が店のほうへ行ったので、オリビアは平鍋にベーコンを放り込んだ。ベーコンがジュージューと音を立て始めてから木のヘラで転がして焼き目をつける。

もう大丈夫かと振り返って男を見ると、シャツもズボンも全く丈が足りていない。それでも濡れた服よりは快適なはずだ。

「お世話になりついでに、服を洗ってもいいでしょうか」

「どうぞ。洗い場は階段の右手奥です。置いてある石鹸（せっけん）を使ってください。水は水瓶に入れてあります。井戸は外に」

「助かります」

オリビアはスープ作りに専念した。

あまり沸騰（ふっとう）しないよう、かまどの火を加減しながら豆とベーコンのスープを煮る。

店の中にいい匂いが漂う。

雨は降り続いている。

やがて男性が木桶に入れた洗濯物を抱えて顔を出したので、「洗い場のロープに干してください」と声をかけた。

男性が戻ってきたときにはスープはできあがり、バターでカリッと焼いた薄切りパン、スクランブルエッグもできあがった。


「一緒にいかがです？」

「ありがとう。おなかが空いていたんです。俺はアーサー。アーサー・ダリウといいます」

「オリビアです。さあ、熱いうちにいただきましょう」

オリビアが食べ始めてからアーサーも食べ始めた。スープをひと口飲んで思わず、といった感じに「うまい」と声を漏らす。

「よかった。今日の日替わりスープなんです」

「日替わり。毎日種類を変えるんですか」

「ええ。でも残ったら翌日も出したりしますけど。味が染み込むし柔らかくなるから、そっちのほうが好きというお客さんもいますね」

その後はこの店の鉢植えの多さが話題に上がった。

「あまりに鉢植えが多くて森の中みたいだから『スープの森』という名前になったんです」

「最初は違う名前だったんですか？」

「最初はジェンキンズ・ダイナーという名前でした。ジェンキンズは私の祖父の名前です」

「なるほど」

アーサーは南の街の話をぽつりぽつりと話し、オリビアはうなずきながら聞いた。アーサーの声は低くて穏やかで耳に心地よかった。

「アーサーさんは、なんのお仕事なのか聞いてもいいですか？」

「俺は、傭兵（ようへい）だった」

「だった？」

「傭兵はもう辞めたんです。十四の歳（とし）から十四年間やっていたんだけどね。歳は今年で二十八」

「そうですか。私は十歳からこの祖父母のお店を手伝って、もう十五年になります」

テーブルの上のお皿は全部綺麗に空になった。

「スープもスクランブルエッグもパンもとても美味しかった」

「それはよかったです。私も久しぶりに誰かと食事をしました」

そこでまたアーサーがわずかに眉を寄せた。

「やっぱり不用心だ。女性の一人暮らしを自分から初対面の男に告げるなんて」

「あら。そう言われたらそうですね。でも、怖い思いはしたことがないですよ？」

「災難は、たいてい最後にやってくるんですよ。誰しも繰り返し災難に出会うわけじゃない。

俺は散々そんな場面を見てきました」

「気をつけます」

「ええ、気をつけてください。あなたは人が良すぎるようです」

「では、不用心ついでにおせっかいを焼かせてください。服が乾くまで、本でも読んで時間を潰しませんか。あの席ならずーっといてくださって大丈夫ですので」

その席は店と台所の境にあり、生前に祖父が休憩するときに座って本を読んでいた席だ。

2　真夜中の訪問客

昼近くになって雨が上がった。それからやっと最初の客が入ってきた。五十代の男性で『スープの森』の常連客だ。

「いらっしゃいませ、ジョシュアさん」

「よく降ったね。オリビアの天気予報のおかげで、出先で降られずに済んだよ」

「当たってよかったです」

「日替わりスープとパン一枚、それとソーセージ一本」

「かしこまりました」

ジョシュアは壁の黒板の『本日のスープ　三種の豆とベーコン』を見て注文し、オリビアは台所に引っ込んだ。

ジョシュアが隅の席に座るアーサーに気づいた。

丈の足りないシャツとズボンに目を留めて（ジェンキンズさんの服か）と胸の内でつぶやいた。

「お待たせしました。日替わりの豆とベーコンのスープとパン、ソーセージです」

「おお、うまそうだ」

そのうち次々と客が入ってきた。

行商人、近所の農民、肉の配達に来て食べて帰る人、わざわざ馬車に乗って町から訪れた客。四人がけのテーブルが五つだけの店内は賑(にぎ)わっている。

最後の客が帰ったのは午後の二時だった。


「アーサーさん、お昼はいかが？　おなか空いていませんか？　お代は心配しないで。私が呼び込んだのですから」

「では本日のスープがまだ残っているならもう一杯。朝の分と一緒に支払いをします。そのほうが気楽です」

「そう？　では、遠慮なくいただきますね」

先に支払いを済ませてから、アーサーはテーブルに着いた。

スープとだけ言われたが、働いていたオリビアは空腹だったのでソーセージを一本ずつと薄切りパン一枚ずつも一緒に並べた。さっと茹(ゆ)でたアスパラガスも添えられている。

食べ始めて少ししてからアーサーが「確かに」と言う。

「ん？」とオリビアが小首をかしげる。

「朝の作りたてのスープもうまかったけど、こうしてよく煮込まれたのもいい。ベーコンの味が豆に染み込んでいて、味がまた違う。オリビアさんは塩加減が上手ですね」

「ありがとうございます」

「ひとつ尋ねたいんですが」

「なんでしょう」

「今日来たお客たちが、みんな『あなたの天気予報のおかげ』って言ってたけど？」

「ああ、それは、私は雨が降る前に、なんとなくわかるんですよ。祖母は『お前は野の生き物みたいに雨の気配に敏感ね』って言ってました」

「そうでしたか」

アーサーは食事を再開しながら考え込んだ。

客のほぼ全員がオリビアの天気予報の話をしていた。（よほどこの女性の予報は当たるらしい）と思う。

台所の隅で寝ていたロブが、オリビアの足元にやってきて「クゥン」と鳴いた。オリビアは「ちょっと待ってね」と言いながら席を立ち、台所から茹でた鶏肉（とりにく）の小さな肉片を手に戻った。

「ひと口だけね」

ロブはそれを丸飲みして、尻尾を振りながらまた寝床に戻る。その姿を見るオリビアの目が優しい。

アーサーは洗濯物の様子を見に裏庭に出た。

雨がやんだときに裏庭に干し直したのだが、外は朝の雨のせいで湿度が高い。夕方になってもアーサーの服は乾いていない。気にせず湿った服を着ようとしていたら、オリビアがおずおずと声をかけた。

「あの、余計なお世話かもしれないけど、もう少ししたらまた雨が降るわ。おそらく朝と同じくらいの雨。街まで歩きで行くなら明日にしませんか。この家には泊めてあげられないけど、ヤギと一緒でよければ、小屋がありますよ」

「これから雨？」

「ええ」

オリビアの言葉が信じられず、アーサーはわざわざ店の外に出て空を眺めた。

雲は多いものの青空も見えて、もう少しで強い雨が降るとは思えなかった。オリビアは少し困ったような顔でそんなアーサーを見ている。

「もう少しここにいてもいいかな。君の予報が当たるかどうか確かめたいんだけど」

「ええ。どうぞ。そのほうがいいわ」

一時間が過ぎた辺りで、本当に雨が降り始めた。結構な雨脚の強さだ。

「ええと、参考までに尋ねるんだけど。この雨はいつやむかもわかる？」

「私の勘では今日の夜中くらいには。傘をお貸ししたいけど、うちには一本しかないの」

「では厚かましいけど、ヤギ小屋をお借りしたい。宿代も払うし決してこの家には入り込まないと誓います」

「宿代なんて不要ですし、ロブは私が命じれば熊にだって飛びかかる子ですので心配もしていません」

「心強い用心棒だね。あの小屋にヤギがいるんですか。気がつかなかったな」

「あの子たちは雨が大嫌いだから、今日は大人しいんです。真っ暗になる前に中をご案内しますね」

一本の傘に二人で入り、雨の中を母屋（おもや）の裏にあるヤギ小屋に向かった。

「これがヤギ小屋？　離れじゃないの？」

「昔は離れだったんです。祖父が面倒見のいい人で、困ってる旅人をよく泊めてました。下は土間だからヤギの住まいになってますが、ロフトは人間用のままです。アーサーさんが先に上ってください」

スカートを指差してそう言うオリビアに促され、アーサーが急なはしご状の階段を上る。右手だけを使い、左腕は動かさない。

オリビアはその様子を後ろから眺めていたが、自分も後ろからはしご階段を上った。

「へえ。これは居心地がよさそうな」

「でしょう？　今、準備をしますから」

そう言ってオリビアはベッドを含めて全ての家具にかけてある埃除けの布をそっと外した。

「ベッドのマットは定期的に日に当てていますので、ご安心を。毛布を後で持ってきますね」

「それは自分がやります」

「そうですか？　ランプはここ。何か足りない物があったら遠慮なく言ってください」


その夜、夕食も共に食べ、早々とヤギ小屋の二階のベッドに横になったアーサーは、なかなか眠れずにいた。雨で身体を冷やしたのが悪かったのか、戦争で傷めた左肩が疼いている。

気がつくと雨がやんでいた。

（本当に夜中に降りやんだ。オリビアさんは予言者か魔法使いみたいだな）と感心する。

痛みで眠れないので、眠るのを諦め、身体を起こして窓の外を見た。

見ているうちに母屋に灯りがついた。（どうしたんだろう）と思いながらぼんやり眺めていたら、店の玄関のドアベルの音が小さく聞こえた。

「こんな夜中に？」

驚いて見ていると、オリビアがランプを片手に歩いていく。あの黒犬ロブも一緒だ。

そして、ランプの灯りが届くか届かないかの位置で、彼女を案内するように前を歩いている大きな黒い姿。アーサーは思わず何度も目を瞬いてから目を凝らす。

「まさか」

四本脚で歩いている大きな黒い影は、どう見ても狼だった。

飛び起きたアーサーは、湿り気の残る自分の服に大急ぎで着替えた。腰のホルダーに剣と諸刃のダガーを装着し、はしご階段を急いで下りる。

オリビアの持つランプはだいぶ先に進んでいて、どんどん森に入っていく。

「なんて無謀な」

アーサーは狼とオリビアの組み合わせの意味がわからない。

迷った結果、一定の距離を置いて跡をつけることにした。追跡は得意だ。音を立てず、静かに跡をつけ続けた。


二十分ほど歩いただろうか。

前方の灯りが止まった。様子をよく見るためにアーサーは静かに近寄る。

オリビアがオイルランプを木の枝に引っかけて、かがみ込んだ。彼女の視線の先には、ぐったりと横たわる子狼がいた。

3　巣穴

アーサーは狼に気づかれないよう、息を浅くして見ている。

オリビアが子狼に耳を近づけている。そして肩かけカバンからカチャカチャと音を立てて何かを取り出して、子狼の手当てをしているように見えた。

（狼と仲が良いって、どういうことだ？　母狼が家まで迎えにきて案内するって）

わからないことだらけだし、自分の目で見ていることが信じられない。

やがて手当てが終わったらしく、オリビアは子狼を抱き上げて母狼と一緒に森の中へと歩き出した。

と、黒犬ロブと母狼が同時に歩みを止めて鼻を高くし、クンクンと匂いを嗅ぎ始めた。

（しまった。風向きが変わったか？）

母狼がいきなりこちらに向かって走ってきた。アーサーは慌てて木に登る。左肩に鋭い痛みが走ったが、肩をかばって殺されるわけにはいかない。狼の後ろからはロブも駆け寄ってきた。

アーサーは狼が飛びつけない高さの枝まで必死によじ登り、枝の上に立ってどうしたものかとオリビアを見た。

「アーサーさん、私をつけてきたんですか？」

オリビアの声に怒りはなく、困惑しているようだった。

母狼は鼻にシワを寄せ、牙を見せつけて唸(うな)っている。ロブは「ワンッ！　ワンッ！」と吠えているが怒ってはいないようだ。

オリビアは母狼の顔の高さに自分を合わせ、しゃがんで話しかけた。

「ごめんね。悪い人ではないから許してほしいの。私の群れの仲間よ。あなたの敵ではないわ。この子には絶対に触らせないから。安心して。それと、ロブ、静かに」

狼の背中の毛は逆立ったままだが、牙を見せるのはやめてくれた。ロブは「役に立ったでしょ？」と言うように尻尾を振ってオリビアを見ている。

「下りても大丈夫ですよ。狼の目を見ないでね。それと、私とこの子には近寄らないで」

「わかった。心配で様子を見にきたんだが、邪魔したようですね」

「この子の具合が悪いの。今、巣穴まで連れていくわ。あなたをこのまま置いてはいけないから、離れてついてきて。ロブが他の獣から守ります」

「あ、ああ」

オリビアは子狼を抱いたまま、母狼の先導で森の中を進む。

しばらく歩き、斜面に生えたブナの大木にたどり着いた。ブナの木の根元に穴が掘られていて、そこが巣穴らしい。

母親の帰還に気づいた子狼が二匹、穴から顔を出した。オリビアに気づいて一度は穴に引っ込み、その代わりに母狼より二回りは大きな狼が姿を現した。父親か。

母狼がなんとも優しい声で「ぐうるるる」と呼びかけると、再び先を争うようにして子狼たちが巣穴から飛び出してきて母親にまとわりついた。子狼たちは、我先に母親の腹に鼻先を押しつけ、お乳をせがんでいる。

オリビアがそっと子狼を巣穴の前に置くと、父狼はその首の辺りを咥(くわ)えて巣穴の中へと運び込んだ。

こんな近くで子育て中の狼の様子を見られることは、まずない。近寄っただけで激しく攻撃されるのが普通だ。

アーサーはもっと見ていたかったが、オリビアはさっさと巣穴から離れた。家に戻るようだ。

二人と一匹で無言のまま夜の森を歩いていると、オリビアが最初に口を開いた。

「アーサーさん、あの巣穴のことは誰にも言わないでください。子育て中に人間に狙われたら、気の毒すぎますから」

「人に言う気はないですよ。それより、どういうことか教えてくれる？」

「知りたいんですか？　どうして？」

「どうしてって、夜中に狼が迎えにきて、具合の悪い子狼の治療をして、巣穴の場所まで母狼

よね？」が教えるなんて、普通はあり得ないことだから。いや、違うな、そもそも君、狼と会話してた

アーサーの隣を歩いていたオリビアが、背の高いアーサーの顔を見上げる。オリビアの顔には悲しみ、困惑、諦め、そんなものが交ざっていた。

「私は雨に濡れて歩いているあなたが大変そうだったから雨宿りしてほしかった。おなかが空いているなら温かいものでおなかを満たしてほしかった。寝る場所に困るだろうと思ったからベッドを提供した。それと同じじゃだめなの？　人間に親切にするのはよくて、狼に親切にするときは理由を説明しなきゃならない？」

「いや、説明しろと無理強いしたいわけじゃないが」

「興味とか好奇心かしら」

「そう、そうだね。それと、君を心配した。迷惑だったようだけど」

「心配して見にきてくれたのは感謝します。ありがとうございました。でも、あの狼一家と私のことは誰にも説明する気になれないの。ごめんなさい」

「そうか。君を怒らせたんだろうか？」

「怒ってはいません。私の口調がきつかったのなら謝ります。ごめんなさい」

その後は二人とも無言で歩いた。

家に着いて、オリビアはドアノブに手をかけてから振り向いた。

「明日の朝食は七時でいいですか？」

「手間をかけさせますね。ありがとう。では七時に。おやすみ」

「おやすみなさい」

オリビアは家の中に入り、カチリと鍵をかけた。

それを確認してからアーサーはヤギのいる離れに入った。二匹のヤギは小さい声で「メッ」「メッ」と鳴いただけで寝ていた。

はしご階段を上り、服を脱いでベッドに横たわる。

「狼に話しかけていた。狼もオリビアの言うことを理解していた。昔、あの狼を飼っていたとか？　でも今ではすっかり野生の生活をしているみたいだけど。子狼は病気？」

知りたいことが多すぎて眠れないかと思ったが、いつの間にか眠っていた。

夢の中で、オリビアは狼たちと追いかけっこをして遊んでいた。

アーサーがそれを木の上から羨（うらや）ましく思いながら見ている夢だった。

4　オリビアの秘密と春野菜のスープ

オリビアは部屋に差し込む朝日で目を覚ました。

昨夜は帰りが遅かったから寝不足だけれど、今眠ったらお店の開店時刻まで寝てしまいそうな気がして勢いをつけて起き上がった。

階下に下りて顔を洗い、ロブに朝ごはんを与えてから朝食の準備を始めた。

かまどに火をおこし、キャベツを大きくザクザクと刻む。玉ねぎ、セロリ、アスパラガス、ニンジンも刻みながら昨夜のことを思い出した。

※・・・※・・・※

昨夜、ベッドで寝入ったばかりのとき。

『心配』と『悲しみ』で心をいっぱいにした何者かが近づいてくるのを感じた。とても強い感情で、いきなり胸が苦しくなる。

急いで起き上がって窓から外を見下ろすと、狼だった。犬ではないことは心に流れ込んでくる記憶でわかった。

　月明かりの夜道を狼がうなだれて歩いてくる。

　急いで着替えて階段を下り、オイルランプを手に、ドアを開けた。

　そこには悲しみに打ちひしがれるメスの狼がいた。


「どうしたの？」

『私の赤ちゃん　苦しい、苦しい。助けて、助けて、助けて』

　言葉ではなく、狼の感情と狼の見た映像が直接オリビアの心に流れ込んでくる。母狼の切羽詰まった感情に胸がギュウッと締めつけられる。

　オリビアは一度深呼吸をして着替え、こういうときのために用意してある肩かけカバンと水筒を手に、家を出た。

「行きましょう。案内して」

『助けて　助けて』

「助けるわ。赤ちゃんの具合が悪いのはいつから？」

『暗い森。私の坊や　苦しい苦しい』

「わかった。急ぎましょう」

　狼の感情を吟味しながら歩く。子狼が遊んでいるうちに何かが起きたらしい、と見当をつけながら歩いた。

案内された場所で、子狼はぐったりと横たわっていた。

ときどきオエッと吐こうとするが、もう何も出ないらしい。立つ元気はないようだ。

近くを探すと、吐いたものの中に毒桃（どくもも）のかけらがある。少し甘くてかなり渋い、そこそこ強い毒のある赤い草の実。この幼い身体ではつらいだろう。死ぬような毒ではないのが救いだ。

狼の子供は遊んでいるうちに食べてしまったのか。

オリビアは子狼の口をこじ開け、喉の奥に指を突っ込んだ。まだ毒桃が残っているかもしれない。

喉の奥を刺激されて、子狼は横たわったまま何度も胃液らしきものを吐いた。

最後に胃の中に残っていた赤い実が吐き出された。


木のカップに水筒の水をひと垂らし。

カバンから薬を選び、カップに人間用の毒消しの粉薬をほんの少しだけ振り入れて、小さな小さなお団子にする。それを指につけ、子狼の上顎（うわあご）の内側に塗りつけた。薬を吐き出さないように子狼の上顎と下顎を押さえて待つ。

コクリと喉が動いて飲み下したのを確認し、頭を持ち上げた。カップに水筒の水をたっぷり注ぐ。なるべくたくさんの水を飲ませなくては。

子狼は木の器からチャプチャプとたくさん水を飲んだ。

「私がこの子を抱いて巣穴まで運ぶわ。お乳はまだ出るの？」

『お乳　たくさん　たくさん』

「じゃあ、お乳をたくさん飲ませて。死ぬことはないと思う。肉は明日はやめておいたほうがいいわ。お乳だけにしてね」

『私の赤ちゃん　かわいい、かわいい、かわいい。私の赤ちゃん　かわいい』

胸の中に強烈な愛情が流れ込んでくる。

ホッとしたところでアーサーが狼に見つかった。まさかあとをつけてきているとは思わなかった。元傭兵だけに、追跡は上手だったし心が平静だったようだ。オリビアもアーサーに気づかなかった。

※・・・※・・・※

野菜を刻み終えて、ため息をひとつ。

「見られちゃったものねえ。いろいろ知りたくなるのは仕方ないか」

全部の野菜を鍋に入れ、鶏の骨で取ったスープで煮る。八割くらい火が通ったのを確認して、鍋をかまどから下ろした。

お客さんに出すときは、落とし卵をその都度作って載せて出すつもりだ。

アーサーは口が堅い人のような気がする。

心配性で、心が傷ついていて、そして、とても保護欲が強い人。あまりに心が傷ついているので、オリビアはアーサーの心が流れ込んでこないように強く意識して接していた。

小さい鍋にお湯を沸かし、ヘラでグルグルとかき回して渦を作る。卵を渦の真ん中にそっと落とした。頃合いを見て引き上げれば、落とし卵のできあがり。

丸く大きいパンを薄切りにして、網の上でひっくり返しながらパリッと焼く。

(正直にしゃべったら、面倒なことになるんでしょうねぇ)と少し憂鬱(ゆううつ)になる。

オリビアは人や動物の感情がわかる。

人間の場合は、こちらから読み取ろうとしない限り、細かいことまではわからない。人の心は普段は複雑に折り畳まれているし、心を覆うカーテンが幾重にもかけられているからだ。オリビアにはそう感じられる。

けれど、動物の心は裸の状態でまっすぐオリビアの心に飛び込んでくる。

勝手に流れ込んでくるから自分ではどうしようもない。幼い頃は、それが普通で皆もそうなのだと思い込んでいた。

だから心に流れ込んでくる様々な感情を全て口に出し、周囲の大人たち全員から病気だと思われた。

貴族の娘だった頃、オリビアの両親は、わけのわからないことをしゃべり続けるオリビアに疲れ果てていた。

母は何度も自分を抱きしめて泣いていたし、父も苦しんでいた。

祖父が、「オリビアを修道院に入れなさい。他の孫たちの縁談に差し障りが出る」と繰り返して、反対する両親と頻繁に揉めていた。

そしてついにある日、オリビアは迎えにきた修道院の女性と一緒に馬車に乗せられた。

理由は聞かなくてもわかっていた。

母は『我が子を見捨てるなんて』と苦しんでいたし、父は『この子を遠くへやってしまうのか』とずっと苦悩していた。

両親の嘆きがあまりに濃く強く、五歳のオリビアは近くにいると普通に息をするのも難しいくらいだった。

「さようなら、お母様、お父様」

別れのときも両親は悲しみ、苦しんでいた。

オリビアの胸の中は両親の悲しみでパンパンになった。

祖父はオリビアを見るといつもイライラしていたから苦手だった。最後の瞬間まで、祖父はオリビアを見てイライラしていた。

走り出した馬車の中で、修道院の女性は繰り返し自分を見下すような、嫌悪するような感情を抱いていた。二人きりの狭い空間に向かい合わせで座りながら、これから先、この人と暮らすのかと絶望した。当時は絶望なんて言葉は知らなかったけれど。

数日後の昼、休憩時間に馬車から降りるように言われた。馬車を引いていた馬が草を食みながら、黒く濡れた目で自分を見つめているのに気づいた。

馬の心が流れ込んでくる。

『かわいそう。つらい場所。こども、泣く。こども、悲しい』

泣いている子供の姿が流れ込んでくる。馬がよく見ている景色なのだろう。

「おしっこがしたいです」

そう大きな声で告げると、修道院の女性は嫌そうに「その辺で」と草むらを指差した。

オリビアは草むらにしゃがみ、そのまま低い姿勢で移動し続け、ある程度距離を取ってから走り出した。

走って走って、休んではまた走って、足が動く限り走り続けた。こんなに走ったのは生まれて初めてだった。

やがて日が暮れて、自分の手も見えないような暗い森の中を歩きながら夜を明かし、日の出と同時にまた歩いた。疲れたら少し眠り、目が覚めたらまた歩いた。

おなかは空いているし喉も渇いていた。

身体のあちこちが痛かったけれど、馬から流れ込んできた記憶が恐ろしかったから頑張れた。

やがて。

(もう一歩も歩けない)

森の中で力尽きた。

そこで木苺(きいちご)を摘みにきた老夫婦と出会ったのだ。

「どうした？　迷子かい？　脚も腕も傷だらけじゃないか」

「森の中で夜を明かしたのかしら？　さぞや心細かったでしょうに」

「うちに連れて帰ろう。疲れたんだろう。何も話せないようだ」

「ええ、傷の手当てをして、温かいスープを飲ませましょう」

オリビアは子のいない老夫婦に助けられ、それはそれは大切に世話をされた。

老夫婦はいろいろと質問をしたが、オリビアは「家に帰りたくない。お願いします、お願いします、私をここに置いてください」とひたすら繰り返した。それしかしゃべらなかった。

老夫婦はしまいには涙を拭きながら「可哀想に。安心しなさい。ここにいればいいよ」と言ってくれた。

（二度と捨てられたくない）

そう考えたオリビアは、心を読めることは一切しゃべらずに暮らした。

老夫婦の家は街道沿いの食堂で、オリビアは夫婦の家族になった。

※・・・※・・・※

「おはよう、オリビアさん」

「おはようございます、アーサーさん。今朝は春野菜のスープですよ」

「ああ、嬉しいです。身体が中から浄化されそうだ」

アーサーはスープ皿を覗き込んでそう言い、気持ちのいい食べっぷりで朝食を平らげていく。

「卵が一個入るだけで、ずいぶんスープの感じが変わるんですね」

「ええ。食べ応えが出ますし」

「オリビアさんの料理はどれも美味しいです」

「それならよかった」

アーサーは宿代だと言って、多めに朝食の代金をテーブルに置いた。そしてそのまま『スープの森』を出ていった。

昨夜のことは何も聞かれなかった。

オリビアはホッとして、薬をあれこれカバンに詰めて狼の巣穴へと向かった。

開店までには戻ってこなくてはと、ロブを連れて早足で歩いた。

5　別荘の客とハリネズミ

ロブと一緒に狼の巣穴を目指したが、途中で道がわからなくなった。

枝の上から自分を見ていたミソサザイに尋ねたら、枝から枝へと飛び移りながら巣穴まで案内してくれた。この森に狼はそれほど多くない。子育て中の狼と言ったらすぐにわかった様子。

「ありがとう。助かったわ」

『いい天気！』

どうやら今日は雨が降らないようだ。

巣穴に近づくと、父狼が出迎えてくれた。

『赤ちゃん　動く』

「赤ちゃん、元気になったのね。よかった。どうする？　具合を見にきたんだけど」

『赤ちゃん　運ぶ』

父狼は巣穴に入り、子狼を咥えて出てきた。

子狼は元気で、オリビアに近寄り、クンクンと匂いを嗅いだ。

「元気そうね。もう気持ち悪くないね。でも、お薬飲もうか」

『まずい　まずい　イヤイヤ！』

「うん、不味(まず)いんだけど、飲んだほうが早く楽になるの。お母さん、お肉を持ってきてくれるわよ。お肉、食べたいでしょう？」

『ニク！！！』

子狼が肉という言葉で思い浮かべたのは、モグラやネズミを丸ごとだったり、もう少し大きな動物の肉を母親が吐き出して与えたりするものだった。

子狼と会話しながら、片手でポケットの中のショットグラスに指を突っ込む。こっそりと練っておいた薬を中指の先にくっつけた。

子狼が肉を思い出してうっとりしている隙(すき)に首根っこを抱え込む。口を開けさせて、薬団子を口の中に押し込んで口を片手で閉じて押さえた。

『イヤー！　イヤヨー！』

嫌がって暴れたものの、子狼は反射的に薬団子を飲み込んだ。

心配そうに見ている父狼と母狼に向かってオリビアが話しかけた。

「もう大丈夫みたい。お水とお乳をたくさん飲ませてね。あの毒桃、この子はもう二度と口に入れないだろうけど、他の子も気をつけて。じゃあね」

歩き出したオリビアを、狼たちはもう見ていない。彼らの心の中は愛する我が子のことでいっぱいだ。そのまっすぐで濃厚な愛情が眩(まぶ)しい。

ほのぼのしながら森の中を歩く。

途中で子狼が口にした毒桃が繋(しげ)っている場所に出た。完熟した赤い実、まだ熟してない薄赤い実。硬くて渋い緑色の実。いろんな状態の毒桃が、びっしり実っている。

「これ、街ではいい値段で売れるのよね」

毒桃は二つに切って水にさらして、毒抜きをしてから甘酢(あまず)に漬ければ、食後の胃もたれを防ぐピクルスとして喜ばれる。

オリビアが毒桃の実を摘む。森の恵みは貴重な収入源だ。

歩きながら木苺のトゲトゲしい枝をハンカチで包んで手折(たお)る。家の柵の近くに挿しておけば根づいて柵に巻きつき、来年は実を楽しめるだろう。


家に戻り、ヤギの夫婦を裏庭に放った。

「メエェェェ！」「メエェェェ！」

ヤギの若夫婦は喜んだ。はしゃいでいるらしく、オスのピートとメスのペペが互いに後ろ脚で立ち上がって、ゴツンゴツンと頭突きを繰り返している。痛くないのか心配になるような音だ。裏庭はこの若夫婦のおかげで雑草が生えていない。

「草を食べる？」

『草！』『おいしい草！』

はしゃぐ夫婦を連れて裏庭を囲む柵から外に出すと、嬉しそうに草を食べ始めた。毒桃のように有毒な草は、あらかじめ抜いてある。三十分ほどヤギたちは食べ続けた。

「そろそろ戻るわよ。仕事をしなくちゃ」

『おいしい　草!』『おいしかった　草!』


オリビアは台所に入り、昼の時間に備えて料理を作る。

今日は春野菜のスープの他に、茹でた鶏むね肉と新玉ねぎとピーマンのマリネ、ハーブバターで焼いた薄切りパンだ。

ミソサザイがいい天気だと言っていたから、雨は降らない。

昼食の後は離れのシーツと自分のシーツ、服を洗濯しようと料理をしながら計画を立てた。

その日の昼は忙しく、「街で評判を聞いたから」と言って『別荘の人』が家族連れで来てくれた。

「マーレイ領はいいところね。海も山も街もあって、食べ物が豊かだわ。古い遺跡もあるし、何より気候が温暖なのが気に入っているの。夫がマーレイに別荘を建てると言ったときは『田舎すぎない?』なんて思ったけど、ちゃんと必要な物は揃っていて安心したわ」

「気に入っていただけてよかったです。私もマーレイが大好きです」

マーレイ領は、サンドウォルド王国の南端にある。

ずっと昔からこの土地を治めているマーレイ家は歴史ある家だ。

現在のマーレイ家当主は農業と漁業だけの領地を、別荘地として新しく豊かになった人々に売り込んだ。土地は売らず、貸すだけ。そこが地主たちの賛同を得られた理由だ。

王都で暮らしている懐の豊かな平民たちは、貴族のようにもう一軒家を持つことに魅力を感じたらしい。同時に、有り余る金貨の使い道も探していたらしく、商人や投資家、輸入業者など、様々な業種のお金持ちが続々とマーレイに別荘を建てた。

家を建て、使用人を引き連れ、外で食事をし、家具や内装に惜しみなく金貨を使う。おかげでマーレイの領民たちはかつてないほど懐が潤っている。

『スープの森』にも、別荘の人たちがちらほらと来店するようになっていた。


その別荘の人が、庭に置いてある野鳥用の餌台を見ながら興奮した様子で会話している。

「お母様、見て！　餌台に見たこともない美しい鳥が来ているわ」

「まあ、本当に綺麗ね。真っ青。あんな色の鳥がいるのねえ」

「あれはオオルリです。虫を食べる鳥ですが、ごくたまにああして果物を食べにくるんです。ここの餌台で見られるのは珍しいんですよ」

「あれがオオルリ。綺麗ねえ」

別荘の一家は餌台が見える席がお気に召して「また近いうちに来るわ」と言って帰っていった。

昼過ぎに洗濯をして、裏庭に干し、ヤギ小屋の敷き藁（わら）を交換した。

藁は食事に来てくれる農家のご主人が荷馬車で持ってきてくれる。食事をした帰りには汚れた敷き藁を持っていってくれる。熟成させて畑の肥料に使うのだそうだ。

夜も順調に客が入った。

残った春野菜のスープとパンで夕食を終え、洗濯物を畳み、勉強をする前に庭に出た。何かがやってくる気配がする。

複数のワクワクした感情。それも、ワクワクしか感じない。おそらく小さな動物だ。

やがて、ハリネズミの母親が小さな子供たちを引き連れて庭に現れた。ハリネズミの父親は子育てに関わらない。

ハリネズミはミミズや幼虫を好むけれど、果物、パン、野菜などもあれば食べる。

オリビアはスープに使った鶏の骨についている肉のかけらを地面に置いた。置いてから「さあ、お食べ」と声に出す。心から「食べていいよ」と思いながら。

野の動物たちは言葉は理解しないが、言葉にこもるオリビアの心を感じ取る。

だから建前や嘘（うそ）はあっさり見抜かれてしまうのだ。

母親と四匹の子ハリネズミが小走りで寄ってきた。

『うまー！』『うまっ！』『うまうまっ！』

おチビさんたちは柔らかい鶏肉がお気に召したらしい。オリビアの目の前でクチャクチャモシャモシャと鶏肉を食べる。母親はよほど空腹だったらしく、無心で食べている。

「お乳を出しているからおなか空くわよね」

『ニク！　うまっ！』

母親も鶏肉を気に入っていた。鶏肉を食べ終わると五匹のハリネズミはまたどこかへと姿を消した。彼らは来てから帰るまで『うまっ』だけだった。それもまた愛らしい。


夜は祖母が残してくれた薬草の本を読む。

祖母の母親は薬草の専門家だったそうだ。祖母も薬草に詳しくて、ひと通りのことは教わったが、曾祖母（そうそぼ）の残した手書きの本には、もっともっとたくさんの知識が詰まっている。

「これを全部学ぶのが私の目標なのよ、ロブ」

ロブは片目を開けてオリビアを見たが、またすぐに眠ってしまった。

その夜、『スープの森』は遅くまで灯りがついていて、灯りに引き寄せられた蛾（が）を、窓ガラスに張りついたヤモリが食べていた。

6　フレディ薬草店と豚ほほ肉の辛いスープ

マーレイ領の領都マーローの街は、『スープの森』から東に十キロ、馬車で一時間ほどの場所にある。

マーローという街の名は、マーレイ家の初代当主マーロー・マーレイからきている。

そこでアーサーは職業斡旋所(あっせんじょ)の掲示板を見ていた。

「ふうむ。住み込みでそこそこの賃金で、帳簿の知識も製造業の技術もなく、二十八歳となると選べる立場じゃないなぁ」

傭兵時代に稼いだ賃金はまだ十分にあるが、何もしないで宿暮らしをしていれば早晩財布が空になるのは見えている。アーサーはいくつかの従業員募集の貼り紙の中から「フレディ薬草店　従業員募集　店番・薬草採取・住み込み可」というのを選んだ。

薬草なら傭兵時代に護衛を兼ねて採取をした経験があり、基本の薬草ならだいたいわかる。

※・・・※・・・※

「ずいぶん体格がいいけれど、あなたは以前どんな仕事を？　軍人ですか？」

「いえ、傭兵をしていました」

「ああ、それで。薬草の知識は？」

アーサーは知っている薬草の名前を全部挙げた。店主のフレディはうんうんとうなずいて
「十分ですね。知らないのは図鑑を見ればいいでしょう。傭兵をしていたなら採取を頼むときも安心だ。では採用です」

と職業斡旋所の紙にサインをしてアーサーに返した。

アーサーはそれを受け取って店主に尋ねる。

「住み込み可となっていましたが、部屋をお願いできますか」

「二階の部屋が空いているんだ。本当に寝るだけの広さしかないけど、いいかい？　私は住まいが別だから、食事は自分でどうにかしてもらうことになるが」

「屋根があってベッドがあれば十分です」

「じゃあ決まりだ。部屋は今夜から使っていいよ」

「ありがとうございます」

「早速だけど、明日この薬草を採取してきてくれるかい？」

「はい」

必要な薬草の一覧表を受け取り、アーサーは仕事と部屋を得た。職業斡旋所に契約が済んだことを伝え、店主のサイン入りの書類を提出した。

（そうだ、夕食はあの店で食べようかな）

アーサーの足なら片道二時間ほどか。『スープの森』の優しい味が恋しかった。

傭兵として働いているときは、軍隊の携帯食を支給されるが、足りなくなれば自給自足。戦場ではなんでも食べた。腹を満たして戦えればいいと思っていた。

なのに今は、あの森の中みたいに緑豊かな店内でスープが食べたい。

「往復四時間か。いや、ないな。食事なんかのために四時間も使うって、どうかしてるな俺」

そう考えて街を歩く。

街には店も屋台も山ほどある。安くてうまいものがたくさんあるのだ。どれを食べようかと目で探しながら、繁華街を歩き、立ち止まる。

（あー、やっぱりあのスープが飲みたいな。こんなに悩むなら行くか）

ぐじぐじ迷うのは性に合わない。アーサーは大股（おおまた）で『スープの森』を目指して歩き始めた。

その頃オリビアは夜の食事の仕込みをしていた。

今日のスープは豚のほほ肉と葉玉ねぎの辛いスープ。

豚のほほ肉は、顔の皮と一緒に売られている。豚の頭部の皮は丸ごと買っても他の部位の半分ほどの値段だ。祖母は、

「この豚の皮には栄養がたっぷりなの。ほほ肉と一緒に煮込めば美味しいスープができるのよ。

みんなに教えたいけど、教えたら取り合いになっちゃうからやめておこうかしらね」

と言っていたずらっ子みたいに笑っていた。

確かに豚の頭部の皮は見た目が強烈だ。

豚の首から上の皮が丸ごとだから、この店の台所に置いておくと、たいていの女性は嫌がるし、男性も不気味なものを見た、という顔をする。

だが慣れればなんということもない。オリビアは手際よく包丁で皮と肉を切る。一度下茹でし、水を入れ替えて、浮かんできた脂とアクをすくい取りながら煮込む。

ゼラチン質の多い皮がとろりとなるまで葉玉ねぎや香草と一緒に煮てから味をつける。

「んー、いい匂いがしてきた」


パサパサと羽音を立てて台所の窓枠にスズメが一羽飛んできた。

「チュン、いらっしゃい。今夜の天気はどうかしら？」

『雨、雨！　もうすぐ雨！　ちょっとだけ雨』

「そう。雨なのね。空気が湿ってるものね。さ、これは雨を教えてくれたお礼よ。召し上がれ」

そう言って茹でた豚皮の小さな小さなかけらと、小麦粉団子のかけらを窓枠に置いた。

チュンと名づけたスズメは、巣をカラスに襲われて庭に落ちた雛(ひな)だ。カラスは他の雛を食べておなかがいっぱいになったのか、チュンを食べなかった。

オリビアは親スズメが雛を取り戻しにくるだろうと様子を見ていたが、親は迎えにこなかった。

仕方なくオリビアが必死に小さな虫を捕まえて食べさせた。そのおかげでチュンは無事に育ち、今は広い世界で暮らしている。今思い出しても虫を捕まえ続けるのは大変なことだった。スズメの親鳥はすごいと感心したものだ。

チュンは雨が降りそうなときに店に訪れては雨予報をして帰る。

晴天続きのときは訪れず、雨のときだけ律儀(りちぎ)に教えにくるのが可愛(かわい)い。

『うまー　うまー』

「美味しいねぇ。またいつでもおいで」

チュンはクチバシを窓枠にゴシゴシとこすりつけて綺麗にしてから飛び去った。

まだ夕食時には早い夕方四時。ドアベルがカランと鳴った。

「いらっしゃいま……あら、アーサーさん」

「ここのスープが食べたくなって歩いてきました」

「歩きですか？　どこからいらしたの？」

「マーローから」

「まあ。遠いのにありがとうございます。さあ、どうぞ。少し早いけど、一緒に豚ほほ肉の辛いスープはいかが？」

「豚ほほ肉の辛いスープ。聞いただけでよだれが出そうです」

アーサーはオリビアの祖父がお気に入りだった隅の席に腰を下ろし、運ばれたスープを見て嬉しそうな顔をした。

今夜のつけ合わせはハムとキャベツのマリネ、毒桃のピクルス、小麦粉団子のバジルソースがけ。

「ああ、美味しいです。やっぱりここまで来てよかった。バジルの味と香りをこんなに美味しく感じたのは初めてかも」

「ありがとうございます。アーサーさんが美味しそうに食べてくれるから、見ている私もおなかが空いてきます」

「なら、一緒に食べませんか」

少し迷ってからオリビアはアーサーと一緒に食べることにした。


五年前、オリビアが二十歳のとき。

祖母が七十五歳で亡くなり、なんとその四日後に祖父は眠ったまま亡くなった。心臓が止まったらしい。祖父は七十八歳。二人ともこの国では大変な長寿だった。

「何も慌てて一緒に旅立たなくてもいいのにね」と祖父の葬儀でオリビアは泣き笑いをし、葬儀に参列した人たちは皆、「仲が良い夫婦だったからなあ。一緒がよかったんだろうよ」と言っていた。

二人の年に不足がないのもあり、祖父の葬儀は明るかった。祖母のときは悲しくて泣いていたオリビアも、祖父のときは少しの涙とたくさんの楽しい思い出話に終始した。祖父母にはいい思い出しかない。


「料理って、やっぱり一人で食べるより誰かと食べるほうが美味しいです」

「味、違いますか？　俺はずっと一人で食べていました。戦場では隣で食べる人がいても、一緒に食べているって感じじゃなかった」

アーサーの心を覆うカーテンが緩んだのを感じ取り、オリビアは急いで祖父母やロブ、ヤギ夫婦のことを考え始めた。

人の心を覗き見るのは気分のいいものではないし、場合によっては自分の心が大打撃を受ける。十五、六歳頃からオリビアは、人間の心が流れ込むのを防ぐ方法を試行錯誤している。その技術はまだ完璧ではない。


普段は隠されている人間の心が流れ込んでくるときは、たいていその人が強い感情に支配されているときだ。そんな感情に流れ込まれると、とても疲れる。

「ここに来てよかったです。やっぱりここの料理は美味しい」

「ありがとうございます。もうすぐ雨が降るから、やむまでゆっくりしていってくださいね」

オリビアはトレイに食器を載せて、台所に向かう。

アーサーは雨予報の根拠を尋ねようか、いや、本人が話すまで待とうかと迷いながら、店の中にたくさん置いてある鉢植えを眺めた。

7　さくらんぼのお茶と雨

結局、アーサーはオリビアに雨予報の根拠を尋ねなかった。

アーサーが傭兵と知ると、興味津々(きょうみしんしん)で戦場の様子を聞きたがる人々のことを思い出したからだ。

「戦場にはかっこいいことなんて何ひとつありませんよ」と答えて、どれだけの人間をがっかりさせてきたことか。人にあれこれ聞かれるのが苦痛だったのだから、オリビアにも興味本位で質問すべきではないと思った。

傭兵の中には戦闘が大好きで自分の武勇伝を語りたがる者もいるが、人の命を奪い続けることに心が耐えられなくなる者もいる。そういう人間はある日突然姿を消していくのが常だ。

十四年間続けるうちにアーサーはいつの間にか傭兵として名の知られた存在になっていたし、支払われる契約金も高額になっていた。だが二十八歳のある日、ベッドで目が覚めたときに

（もうこれ以上は無理だ）と思った。

それは突然、心の糸が切れたような感覚だった。

（もう戦えない。もう人を殺せない）

それが心から消えることがない感情だとすぐにわかった。

その日のうちに傭兵の組合に離脱届を出し、驚かれ、組合長に強く引き留められた。黙って組合長の言葉を聞いていたアーサーが「組合長、俺、もう無理なんです」と静かに微笑んだら、引き留めていた組合長がピタリと動きを止めた。

「ああ、そのようだな。残念だ。アーサー、今までお疲れさん。身体に気をつけて暮らせよ」

と言って組合長は出口まで見送ってくれた。組合長は、今までアーサーのような表情で傭兵を辞めていく男たちをたくさん見てきた。

疲れたような、傭兵仕事に見切りをつけたような、そんな表情だ。その表情を浮かべている男たちは、どんなに引き留めても、一人として決意を翻(ひるがえ)す者がいなかった。

そこから二十日以上、アーサーはひたすら歩き続けた。その途中で『スープの森』とオリビアに出会ったのだ。


「俺、薬草店で働くことになったんですよ。マーローのフレディ薬草店て、知ってますか？」

「もちろん。私、薬草の勉強をしているんです。フレディ薬草店には、この辺りで採れない薬草を買いにいきます。あのお店の店員さんになったんですね。おめでとうございます」

「ありがとう。明日は早速採取の仕事があるから、またこの店に来られます」

「何を採取するのかしら。種類によっては私が案内できますよ。あっ、でも私に合わせたらアーサーさんがものすごく早起きしなきゃならないから、無理ですね」

「いや、」

急いで否定して、その後の言葉に詰まる。

「ん？　朝早くても大丈夫なんですか？」

「俺、早起きなんで」

「じゃあ一緒に行きましょう。薬草採取に誰かと行くのは、祖母がまだ元気に歩けたときが最後ですから、八年ぶりかしら。楽しみだわ」

「何時に来ればいいのかな」

「七時じゃ早すぎますよね？　八時？」

「いや、七時で」

「はい。では七時にお待ちしています。さあ、食後のお茶をどうぞ」

出されたお茶はなぜか甘くいい香りがするが、砂糖を入れたわけではなさそうだ。

「これ、甘い香りがしますね」

「はい。干したさくらんぼを茶葉に混ぜてあるんです。山で実っているけど、食べるには小さすぎてちょっとっていうさくらんぼ。あれを集めて干すんですよ」

アーサーは静かなショックを受ける。

自分が戦場で人の命を奪い続けている間に、森でさくらんぼを集めてお茶にする暮らしがあったんだ、と。アーサーは思わず「ふっ」と笑ってしまった。

「え？」

「いや、笑ったりして悪かった。世の中には俺の知らないことがいっぱいあるんだなと、今気がついたんです」

オリビアの心にアーサーの心が前触れなく流れ込んできた。それは優しく、温かく、穏やかな気持ちだ。

（今の会話のどの辺りがそんな気持ちにさせたんだろう）とアーサーの気持ちの変化がわからないまま、オリビアも微笑んだ。

「俺、ガキの時分に食い詰めて傭兵になったから。そんな穏やかな暮らしがあることを全く知らなかったんですよ。そうかぁ、さくらんぼを集めてお茶にするんですか。来年は俺もさくらんぼを集めてみよう」

「根気がいる作業ですけど、美味しいお茶が待っていますよ」

「ああ、いいですね。実にいい」

心からそう思っていることがオリビアに伝わってくる。アーサーは今、オリビアまで嬉しくなるような、ほっこりした気分らしい。

そのとき、ヤギ小屋から騒ぎが聞こえてきた。

「メエエッ!」という叫びとバタンバタンという音。同時にとても強い怒りが伝わってきて、オリビアはアーサーに断る余裕もなく、走って店を飛び出した。アーサーもそれに続いて走る。寝ていたロブが飛び起きてアーサーを追い抜いていく。

バンッとドアを開けてオリビアが小屋に入ると、二匹のヤギが殺気立っている。ヤギたちは頭を低く下げて戦闘のポーズ。何事かと見ると、一匹の大きな蛇がヤギたちに向かって鎌首をもたげていた。ヤギたちが何度か踏みつけようとしたのだろう。

アーサーが腰から大型のナイフを取り出したのを見て、オリビアが叫んだ。

「待って。出ていかせるから!」

そして静かに蛇に向かって話しかけた。

「ここにお前の食べる物はないよ。森にお帰り。ここにいられると、お前を攻撃しなきゃならないの。帰りなさい。さあ、ここにはもう入ってこないで。わかるわね? 帰りなさい」

赤茶色の大きな蛇は、オリビアの目を見ながら頭を左右にユラユラと動かしている。アーサーには蛇が真剣にオリビアの言葉を聞いているように見えた。

蛇は突然上半身をパタリと倒すと、そのままスルスルと進んでドアから出ていった。オリビアはその後ろをついて歩き、蛇が森に入っていくのを見届けてから小屋に戻った。ロブは背中の毛を逆立ててオリビアにぴったり寄り添っている。

「よしよし、怖かったね、ピート、ぺぺ。もう大丈夫よ」

「メエェェ！」

「メッ！　メエェェェ！」

「そうかそうか。偉かったね」

ヤギに話しかけ、首と背中を撫(な)でてから、オリビアはアーサーを促して小屋を出た。

二人で何もしゃべらずに店に戻ると、客が待っていた。客はオリビアの後ろにいるアーサーをチラリと見た。

「お待たせしましたアランさん。お好きな席にどうぞ」

「どうしたオリビア。何かあったのかい？」

「ヤギ小屋に蛇が入り込んでいたの。大騒ぎになっていて」

「ここは森が近いからな。迷い込んだんだろう」

「そうみたいです。アランさん、今日は豚ほほ肉の辛いスープですよ」

「おっ。俺の好物じゃないか。大盛りで頼むよ」

「はい。少々お待ちください」

オリビアの予言通りに雨が降ってきた。

「あっ。雨だよ。オリビア、この雨は長く降るのかね？」

「いいえ。すぐやむと思いますよ」

「じゃあ、ゆっくり食べるとするか」

「ええ、そうしてください」

アーサーは（またしてもオリビアさんの不思議を見てしまった）と思いながら、壁際の本棚から本を一冊抜き出した。タイトルは「薬草学入門」。

雨が屋根から地面に落ちるポタンポタンという優しい音が聞こえてくる。

（ああ、なんて穏やかな音だろう）

アーサーは本を読み、さくらんぼのお茶を楽しんだ。（雨がやんでからゆっくり帰ろう）と思いながら飲むお茶は、とても優しい味がした。

8　怪我人(けがにん)を助けたものの

翌朝の七時前。オリビアは店の外に出てアーサーを待っている。もちろんロブも一緒だ。ロブはお出かけが嬉しいらしく、ずっと尻尾をユラユラと振っている。

オリビアは（子供じゃないんだから）と自分の張り切りっぷりが我ながらおかしくなる。昨夜から準備万端整えて、帰りが昼近くになってもいいようにしておいた。

やがて、マーローから続く街道にアーサーの姿が見えた。ロブが走り出して迎えにいき、アーサーを見上げながら嬉しそうにその周囲を走ったり、隣にピタリとくっついたりしている。

「おはよう、オリビアさん。待たせたかな」

「おはようございます、アーサーさん。今出てきたところです。今日はどんな薬草を採取するんですか？」

「これとこれと、これ。あと、あればこれも」

アーサーが見せてくれたメモに書いてある薬草は、どれもオリビアが生育している場所を知っているものばかりだった。

「任せてください。全部どこに生えているか知っています」

「全部？　すごいな。森の中のことを知り尽くしているなんてことは……君ならありそうだな」

「まさか。どれも普段から私が使うものだからですよ」

二人で森に入り、獣道を歩く。今歩いている道はおそらくキツネやアナグマたちの通り道だ。巡回ルートを毎日歩き回っているであろう彼らの顔が、オリビアの心に思い浮かぶ。


歩き出して十分ほどで最初の薬草生育地に到着した。

「これは胃腸用の薬草だな。二十八、二十九、三十本。よし、完了。オリビアさんはこれを何に使っているんですか？　料理に使っているわけじゃないでしょう？」

オリビアの顔が一瞬固まった。

「ああ、ごめん。別に君のことを探るつもりはないんだ。俺も俺自身のことをあれこれ聞かれるのは苦手だし」

「そう、ですか」

「うん。傭兵の仕事なんて、話したくないこともたくさんあるんです。いや、違うな。話したくないことがほとんどです」

その後は話が途切れたまま二人で森の中を歩く。

オリビアは（二度も動物と話をしている場面を見られた以上、問い詰められたら何かしら説明しなければ）と思っていた。

ところがアーサーは探るつもりがないという。その言葉からは嘘を感じない。

長年周囲の人に用心して隠してきた能力を、初めて会ったばかりの人に二度も見られた。その相手が能力のことを尋ねてこない。（どんな奇跡か）と思う。

（でも用心しなきゃ。全部人にしゃべったせいで私が捨てられたことを忘れちゃダメ。今、噂になってあの店と家を失うわけにはいかないんだから）

「必要な薬草をもう一度見せてくれますか？　ああ、なるほど。次はこちらです」

「ありがとう、助かります。あっという間に仕事が片づきそうだ」

「私も自分の分の薬草を採取できますから。気にしないで」

心臓の薬になる薬草、傷薬になる薬草、熱冷ましになる薬草。三種類の薬草を二人で集め、本当にあっという間にアーサーの仕事が終わった。

「毒桃を摘みにいってもいいかしら？」

「もちろん。毒桃っていうくらいだから毒なんでしょう？　それをどうするんですか？」

「ええと、昨日アーサーさんが食べたピクルス、あれが毒桃です」

「えっ」

「驚きますよね。地元の人はみんな知っているけど、あれは胃もたれを防ぐ働きがあるんです。豚ほほ肉は脂っこいから、豚の皮やほほ肉を使うときに出してるの。安心してくださいな。ちゃんと毒は抜いてありますので」

「安心しました」

「アーサーさんも摘んでいけばいいですよ。きっとフレディさんが喜びます」

「そうですか。初回から優秀な店員と思ってもらえるチャンスですね」

アーサーが笑い、オリビアはその優しそうな笑顔を少しの間（いい笑顔ね）と思いながら見る。

毒桃の茂みに着いて、赤く熟している実を選んで二人で摘んだ。オリビアの籠もアーサーの布袋もいっぱいになり、さて帰ろうかと引き返し始めたところで、ロブが更に奥のほうを見て吠えた。

するとロブの声に反応して、人の声が聞こえた。

「誰か！　誰かいるのかっ！　頼む、助けてくれ！」

森の深い場所で人に出会うことは稀だ。この辺りがあの狼の縄張りであることは、地元民ならみんな知っている。オリビアがすぐさま声を張り上げた。

「今そちらに向かいます！」

アーサーは一瞬オリビアに「あっ」という顔で目を向けたが、もうオリビアが返事をしてしまった後だ。なので何も言わずにオリビアの隣を歩き始める。

だが右手でそっと腰の右後ろにぶら下げていた大型ナイフのホルダーのボタンを外し、何かあれば即時に取り出せるようにした。

声の主と思われる人物は地面に座り込んでいた。

三十代前半の男性で、黒い髪、栗色の瞳。見るからに裕福そうな服装だが、顔は疲れ切って髪も乱れている。

「ああ、助かった。ここで獣に殺されるのかと覚悟したよ！　ありがとう！　ありがとう！」

「怪我をしたんですか？　立てますか？」

「痛くて立てそうにない。右の膝をひどく傷めてしまった。躓いて転んだんだが、そのときにブチッという音がしたんだ」

オリビアは男性に近寄ってズボンをめくろうとしたが、少し触っただけでも激痛の様子。まずは興奮している男性を落ち着かせようと、水筒の水を飲ませ、肩かけカバンから飴玉を取り出して食べさせた。

それを見ていたアーサーは周囲を見回し、一本の枝を選んで大型ナイフを振り下ろし始めた。ガッ！　ガッ！　と何度も枝にナイフを叩きつけ、少しずつ削って、最後はそこそこの太さがある枝を切り落とした。

「俺の肩につかまってください。そう、そんな感じです。二人が並んで歩けない場所は、この枝の股の部分に脇の下を当てるようにして使えば、歩けると思いますが」

「ああ、助かるよ。どれ、立ってみるか。手を貸してくれたまえ。アッ！　痛たたたっ！　だが、うん、立てた。ふぅぅ。感謝する。僕はウィリアム。このお礼は必ずする！」

男がやたら騒がしいのは興奮しているのだろうと判断して、オリビアは優しく微笑んだ。痛みで苦しんでいるとき、誰かの笑顔は薬になる。

「困っているときはお互い様ですから、お礼はいりません。私の家まで普通に歩いても四十分はかかりますが、歩けますか？　私たちが馬や馬車を呼びにいくとなると、二時間以上は待つことになりますけど。それだって、もう少し浅い場所までは歩かなければなりません。馬ではここまで入れませんので」

二時間以上と聞いてウィリアムは目を閉じた。

「そうか。一番近いのがあなたの家ってことなんだね？」

「はい」

「では申し訳ないが、君の家まで連れていってくれるかい？」

「わかりました。さあ、右脚に体重をかけないようにしてゆっくり進みましょう」

ウィリアムは相当膝が痛むらしく、脂汗を流している。体格がいい人なのでアーサーが背負うわけにもいかず、肩を貸すというよりウィリアムを担（かつ）ぐような形でそろそろと歩いて進むことになった。

来たときの何倍もの時間をかけて、やっとオリビアの店に着いた頃には、さすがのアーサーも汗だくで、ウィリアムはウィリアムで口数が減って青い顔になっていた。

「すまないが僕の家に連絡を入れてもらえるだろうか。ひと晩留守にしたから、きっと心配していると思うんだ」

「わかりました。住所を教えてください」

「別荘街だ。ヒューズ家と言えば別荘街の人間ならわかるはずだ」

名前を言っただけでわかるなら、相当な家だ。オリビアとアーサーは二人で目を見合わせたが、アーサーは顔に出すことなく「わかりました」とだけ返事をした。オリビアが手早く別荘街までの道順を書いてアーサーに渡す。

『スープの森』から出たところで、アーサーは独り言をつぶやいた。

「王都から遊びに来ている金持ちの息子か。おそらく大変な騒ぎになってるな。走るか」

アーサーは摘んだ薬草を傷めないように押さえて走った。ほとんど手ぶらの今なら十キロ程度の距離を走ることなどなんでもない。

9　品定めと手羽元のスープ

十キロと少しを走り、アーサーは領都マーローの南端にある別荘街に着いた。

別荘街の入り口には「マーロー別荘街」という大きな門があり、その中にはここが田舎のマーレイ領だということを忘れそうなぐらい洒落た屋敷が並んでいた。

どの家も広い庭の奥に屋敷があり、高い石塀は建てられていない。その代わり細部まで手入れされた美しい庭がその家の主の財力を余すところなく見せつけている。

汗だくのアーサーは一度立ち止まって汗を拭いた。この手の裕福な人たちは外見で人を判断しがちだ。みすぼらしい様子で近寄れば、できる話もできなくなる。

汗を拭き、乱れた服装と髪を整えてから、庭の花を眺めている女性に声をかけた。

「お忙しいところ失礼します。ヒューズ様のお屋敷はどちらでしょうか」

「ヒューズ様ならあれよ」

つば広の日除け帽子をかぶった年配の女性が指差すほうを見ると、白い石畳の通りの先に、別荘街の中でも群を抜いて大きい建物がある。アーサーは丁寧に礼を述べてその家へと向かった。

その家に近づくと、中から苛立った声が聞こえてくる。

（大騒ぎなんだろうな）と思いながら、アーサーは玄関へと歩み寄り、金色の獅子の頭部がついているドアノッカーを二度鳴らした。

すぐに上品な男性がドアを開けてくれる。

「ウィリアム・ヒューズ様から頼まれて参りました」

「ウィリアム様ですか！　ウィリアム様はどちらに！　いえ、まずは旦那様にお知らせしますのでこちらへどうぞ」

使用人の男性に中へ誘われたが、アーサーは右手のひらを立てて相手に見せて「いえ」と辞退した。

「ウィリアム様を森の中で発見しました。膝を傷めていて歩けない状態です。迎えの馬車をお願いします」

「お怪我ですか。それは。助けてくださってありがとうございます。ではすぐに馬車の用意をしますので、一緒に乗って案内してもらえませんか」

「申し訳ありません。私は仕事に戻らねばならないのです。この地図にウィリアム様が現在いらっしゃる場所を書き込んであります。街道沿いの店です」

するとと奥から年配の男性がやってきた。

「君、悪いが案内を頼みたい。我々はこの辺の土地には不案内だ。その地図を見ても間違えて時間を無駄にするようなことがあっては困る。君の職場には人を送って事情を説明させるから、どうか我々と一緒に息子のいるところへ行ってくれないだろうか」

　金持ちと猫は怒らせると厄介だ。一度でも怒らせると後々まで面倒なことを、アーサーは経験で知っている。

「承知しました。では、この薬草を届けてもらえると助かります。街のフレディ薬草店です」

「わかった。そうしよう。ありがとう、助かるよ。さあ、馬車に」

　半ば強引に馬車へと導かれたアーサーだったが、嫌な感じはしなかった。

　きっと親というのはこういうもので、可愛い息子のこととなると周りが見えなくなるのが普通なのだろうと思った。

　自分を含め、傭兵には親を失っているか親に売られるようにして傭兵になった者が多かった。普通の親というのを本当のところ、アーサーはよくわからない。

　走ってきた道を馬車で戻って到着した『スープの森』からは、ドアを開ける前から陽気な声が聞こえてきた。

「いやあ、こんなにうまいなら僕は今後、豚ほほ肉ばかり食べるかもしれないよ。え？　そうなの？　いや、そんな謙遜しなくても。へえ、そうなんですか。僕はついていたなあ」

　オリビアの声が全く聞こえず、ウィリアムの声だけが聞こえる。やっぱり声がでかいな、とアーサーは苦笑した。

　彼の父親がドアを押し開けながら声を張り上げる。

「ウィリアム！　大丈夫か！　怪我をしたと聞いたぞ！　馬だけが帰ってきてお前が帰ってこないから、どこかで落馬して死んだんじゃないかと心配で一睡もできなかった。父の寿命を削る気か！」

「父さん。すみません。森に美しい鹿がいて、あまりに美しいから追いかけているうちに迷子になったんですよ。そのうちに躓（つまず）いて転んでしまって」


　アーサーは（声の大きさって受け継がれるものなのかな）と思いながらオリビアを見ると、彼女が眉を下げつつも自分を見る目が笑っている。

　その目を見返していたら、心の中で（戻ってきてくれて助かったわ）とオリビアがつぶやくのを想像してしまった。その口調が妙に現実味があって、彼女の声色だったのでドギマギする。

(何を勝手な想像してんだ、俺。それより仕事だ。初日から怠け者と思われる)

「では私はこれで失礼します」

「いや、待ってくれたまえ。今から息子を連れて屋敷に戻る。それに一緒に乗るといい。仕事場はマーローの街中なんだろう？　馬車のほうが遠回りをしても早く着く」

「いえ、店に連絡していただいたのですから、もう十分です」

「いいからいいから。遠慮は無用だ。お嬢さん、改めてお礼に来ますよ。息子を助けてくれてありがとう」

ウィリアムと父親はオリビアに挨拶をさせる余裕も与えずに馬車へと移動し、アーサーを馬車に押し込んだ。こうしてアーサーは再び馬車の人となり、マーローへと向かう。さすがに途中で降りて、そこからは早足でフレディ薬草店へと出勤した。


フレディはアーサーを見て笑顔になった。

「アーサー、薬草を受け取ったよ。人助け、お手柄だったね」

「はぁ。遅くなって申し訳ありません。もっと早く戻るつもりでしたが」

「いやいや。薬草の採取は時間がかかるものだよ。この時間に戻っても早いぐらいさ。それに連絡にきた使用人が、薬草茶やうがい薬をごっそり買っていってくれたんだ。きっと主にそうしろと命じられたんだろうね。うちは大助かりさ。仕事初日から君は大変役に立った」

「そうでしたか。それで、毒桃はここで扱っていますか？」

「ああ。もちろんだよ。いい状態の毒桃ばかりで驚いたよ。どこにあったんだい？　場所を覚えているなら教えてもらいたいよ」

「あー、いえ、初めて入った森ですので場所までは」

「そうだよなあ。初めて入った森で毒桃を見つけるなんて幸運はなかなかないからね」

本当は場所を覚えているが、あの場所を勝手に教えるのはためらわれた。どうやら毒桃は高価な薬草らしい。そんなものの場所をあんなにあっさり自分に教えるとは。

（やっぱりあの人はいろいろと不用心だな）とアーサーは思った。

※・・・※・・・※

「ああ、嵐のようだった」

そう言いながら、オリビアは騒ぎが昼食時の直前で片づいたことに感謝した。あの勢いで昼食時になっていたらと思うと恐ろしい。

ウィリアムは店に着いて濡れた布で身体の汚れや汗を拭いた後は、猛然と食べた。残り物の豚ほほ肉のスープを二杯、パンを三枚、今日出す予定の骨つき手羽元のスープを一杯、キュウリのピクルスをひと皿、そしてさくらんぼのお茶を二杯。

ここのところアーサーと三回顔を合わせ、会話をし、なんの緊張もせずに二人で行動できたから「私も二十五歳にもなったからかしら。だいぶ人間と関わるのも上手になったんだわ」と考えていたのだが、それは間違いだったことを思い知らされた。

大きな声でしゃべり続け、こちらの話を聞かないウィリアムと一緒にいるだけで、オリビアはへとへとになってしまった。

彼の心があまりに開けっ広げで、会話の途中で『いやあ、美人さんだな、この人』と繰り返すのが居心地悪かった。自分の身体をチラチラ見ているのも薄気味悪かった。

（私を女として品定めするのはやめて！）と何度思ったことか。


カランとドアベルが鳴った。

「いらっしゃいませ、ボブさん」

「今日のスープとパンを二枚頼むよ」

「はい、かしこまりました」

常連さんが続々と入ってきて、オリビアは考え事を中断した。

お客さんはいい。

お客さんはオリビアを「お店の人」として見ている。オリビア個人に関心を持つ人は少ない。少なくとも常連の人たちはオリビアを女性として品定めしたりはしない。

もう少しでオリビアの心が（アーサーは特別に楽な人間なんじゃない？）と結論を出しそうだったが、その考えが形になる前に手羽元のスープを温め直すことに気持ちを切り替えた。

今日の手羽元は骨からほろりと離れるまで煮込んである。とろける寸前のニンジンと玉ねぎも味が染みて美味しい。皿の底に隠れるレンズ豆は食べ応えも栄養もたっぷりだ。

またカランとドアベルが鳴る。

「いらっしゃいませ、ジョシュアさん」

ほんの一瞬、（アーサーさんにもこのスープを飲んでほしかったな）と思ったが、店に入ってきた客の対応をしているうちにその考えは消えていった。

10　金色の鹿

その夜、オリビアは家を出て森に入った。

ウィリアムが見た美しい鹿に心当たりがあり、心配になったのだ。

月明かりだけの夜の森は、獣道を見つけるのが難しい。だが、勝手知ったるロブが前を歩いて道案内をしてくれるから安心だ。

しばらく歩いて少し高くなっている場所に出た。親指と人差し指を口に入れ、ピュウッと指笛を鳴らす。そして待つ。

鹿の気が向けば姿を見せるだろうし、気が向かなければ来ない。オリビアはいつだって待つだけだ。


一時間近く待っただろうか。足音を立てずにその鹿が現れた。弱い月明かりが照らすその毛皮は黄色。陽の下では輝く金の毛皮だ。

その鹿は色素が薄い。目立つから狙われやすいのに、生き延びて大きく成長した賢い鹿。存在を猟師に知られたら、文字通り死ぬまで毛皮を狙われるだろう。

鹿はオリビアから数歩離れた場所に立っていた。

『人間　見た』

「そうみたいね。あの人は猟師ではないけど、誰かにあなたのことを話すかもしれない」

『ここ　去る』

「そう……。戻ってはこないのかしら。人間に狙われるから、戻らないほうがいいのかな」

『お前　悲しい』

「あなたはお友達だもの。いなくなったら悲しいわ」

『人間　鹿　食べる』

「うん。人間は鹿を食べるわね」

だけどこの鹿は食用のために狙われるのではない。毛皮が綺麗で、お金持ちがその毛皮を誰かに自慢するためだけに命を狙われるのだ。

「ねえ、最後に触ってもいいかな」

『触れ』

オリビアはロブに待てと命じてから、ゆっくり鹿に近づいた。静かに鹿の背中に触れた。

鹿の毛は柔らかく、毛皮の下の筋肉から高い体温が伝わってくる。

もう二度とこの鹿に会えないかもしれないと思うと、切ない。

「あなたとおしゃべりするの、楽しかったのに」

『楽しい　たくさん楽しい』

「私、人間は苦手だわ。私も鹿だったらよかったのに。そうしたら一緒に行けるのに。私、あなたといると、本当に幸せなのに」

『お前　人間』

「わかってる。私は人間だけど、優しくて美しくて強いあなたと一緒にいるのが好きだったわ」

月の光の中で、大柄な金色の鹿は優美で美しい。

鹿がオリビアの顔をまじまじと見る。赤みを帯びた大きな目が優しげに細められている。

金の鹿は、自分からオリビアの顔や首に顔をこすりつける。二度、三度。

そんなことは今まで一度もなかった。最後のお別れの挨拶なのかとオリビアはまた悲しくなる。

別れの言葉はないままに鹿は歩き出した。一度だけオリビアを振り返ったが、やがて森の暗闇に消えていった。

しゃがみ込み、「ふえっ」と声に出して泣いて、しばらく泣いてから立ち上がって歩き出したオリビアを、ロブが心配そうに何度も見上げる。

四年前、客の一人に何度も告白されたことがあった。オリビアは支配欲が強いその男性が苦手だったが、店を開いているから逃げることも隠れることもできず、祖父母が亡くなったばかりで頼る人も思いつかなかった。

断り続けていたら、一方的に押しつけられた男の好意は、憎しみに変わって終わった。自分がむき出しの憎悪の対象になるのは初めてで、とても恐ろしかった。

勝手に近寄ってきて勝手に去っていったその男は、オリビアの都合や気持ちを微塵も思いやる気がなかった。

男の理不尽さに傷ついて、一人で森を歩いているときに、あの鹿と出会った。

「綺麗」

思わずそう声に出した。すると鹿の心が流れ込んできた。

『痛いのか』

悲しくて悲しくて沈んだ心で歩いているのを、金色の鹿は怪我か病気と思ったらしい。

「胸が痛いの」

すると鹿は何も言わずに寄り添ってくれたが、人間の匂いが移るのを嫌がって触らせてはくれなかった。

その日以降、オリビアが夜の森に入ると、鹿はいつの間にかそばに現れてしばらくの間、一緒にいてくれるようになった。

一緒に川で水遊びをした。

満開の杏の花を眺めた。

野苺を一緒に味わった。

何も会話せずにずっと月を眺めたこともあった。

鹿は大切な友人だった。

「鹿に生まれればよかった」

何度そう思ったか。だけど自分は人間だ。人間だから、人間を避けるには限度がある。お金を稼がなければ生きていけないし、人と関わらなければお金は稼げない。

街外れの一軒家はオリビアにとって、生きるために必要な場所だ。あの店は失いたくない。


ふと、アーサーの顔を思い出した。

「あの人、私の秘密をしゃべるだろうか」

心配になるが、彼はそんな人ではない気がする。それにもし彼が見た通りのことを誰かに話しても、信じる人はいないだろう。「そんな馬鹿な」と笑われて終わるはずだ。

たくさんの心の傷を抱えている元傭兵。心の傷の多さと大きさが、気の毒を通り越して恐ろしくさえ感じた。あんなに心の傷を抱えているのに、あの人は優しかった。

アーサーがあまりに傷ついていたから、オリビアは自分を見ているようで放っておけない。だけど近づきすぎて、うっかり彼の心の傷に触れるようなことをしたら、きっとお店に来なくなるだろう。

「近づきすぎず、ほどほどに親しくしよう。そうしていればまたお店に来てくれる、かな」

家に帰ったオリビアはヤギたちの水を交換しに小屋に入る。水は気がつくたびに頻繁に交換する。ヤギは新鮮な水が好きだ。

「メッ」「メッ」

二匹は寄り添って藁の中でウトウトしていたが、それでもオリビアを歓迎して声を出してくれた。

「明日は早起きして草を食べに外に出ましょうか」

『草！』『草！　草！』

「うん。草は明日ね、今夜はもうおやすみ」

全部の窓とドアの施錠を確認してから二階に上がり、ベッドに横になった。

「私は人間に向いてない。動物に生まれたかった」

ずっとそう思って生きてきた。

スープを作り客に楽しんでもらうことだけが、唯一人間として他人と前向きに関わることだ。

「明日もお客さんに喜んでもらえるスープを作ろう」

森で助けられた日に祖母が飲ませてくれたスープの美味しさを、今でも覚えている。野菜と鶏肉のスープ。ひと口飲むごとに、自分が家族を捨てて逃げた痛みも、身体の疲れも、少しずつ薄れるようだった。

「心も身体も元気になれる、そんなスープを作り続けたい。それが間違って人間に生まれてしまった私にできる数少ないこと」

やがてオリビアは眠った。夢の中で、オリビアは金色の鹿と一緒に歩いていた。

11　狼との出会いと川釣り

朝早く起きて、ヤギの若夫婦を外に連れ出した。

日の出直後の空気はひんやりとしていて、夜の気配が残っている。

（あの鹿はどこまで行っただろうか）と思う。森は広大で、国境を越えても続いている。

（新しい場所が安住の地でありますように）

何もしてやれないから、せめて祈る。

ヤギたちは『うまっ！』『うまー！』と喜びながら草を食んでいる。

家畜は幸せであり不幸だ。守られ、食べ物に不自由しない代わりに自由もない。そもそも生まれたときから自由を知らない。

狼や鹿たち野の獣は自由だ。自由な代わりに毎日が生き残るための戦いだ。


今日は週に一度の休みの日。オリビアは釣りの道具を持って川に向かう。水遊びが好きなロブは、早くもウキウキしている。『水！　川！』とはしゃいでいる心が伝わってくる。

川まで三十分ほど歩き、歩きながら狼に出会った日のことを思い出した。

あのメス狼が親離れ巣離れをしたばかりの頃に、オリビアは出会った。

森に薬草を摘みにいったとき、狼は右の前脚を怪我してピョコン、ピョコンとつらそうに歩いていた。そのまま放置すれば獲物を得られない。あの狼は確実に飢えて死ぬだろうと思いながらその姿を見た。


森の生き物にはルールがある。弱い者、怪我や病気をした者、不注意な者は生き残れない。他の生き物の餌になる。肉食獣に襲われなくても、死ねば虫や鳥の餌となり植物の栄養になる。

人間が「可哀想」と手を出すのはよくないと思いながら、苦しむ若い狼の感情が痛々しくて無視できず、オリビアは近寄った。狼は背中の毛を逆立てながら唸り声を上げ、オリビアを威嚇した。

「私はあなたを殺さないわ」

心からそう思いながら声をかけると、若い狼はピタッと唸るのをやめた。そして悲しい気持ちが流れ込んできた。

『痛い、痛い、痛い』

「痛いのは右脚ね。どこが痛いのかよく見せてくれる？」

オリビアがそう話しかけると、狼はゴロリと横になった。狼のすぐ脇に膝をつき、右前脚に触れて覗き込んだ。狼の口はオリビアの顔のすぐ近くだ。空腹な彼女が嚙みつけば自分は死ぬだろう。だが狼の心には怯えと悲しみはあれど攻撃する意思は感じられなかった。

　そっと足の裏を見ると、右前脚の黒い肉球に硬そうな棘（とげ）が刺さっていた。黒い肉球から顔を覗かせている棘の頭の部分がギザギザになっている。歯で噛んで抜くつもりが、噛み折ってしまったらしい。

「今、抜いてあげる。だから痛くても我慢してね」

　横になったまま狼は動かない。目を大きく開いてオリビアを見ている。

　オリビアは刺さった棘の周囲を指先で押して、棘が少しだけ顔を出すようにした。親指と中指の爪で挟んでゆっくり棘を引っ張る。見覚えのある柑橘類（かんきつるい）の棘だ。オリビアも実をもぐときに何度も痛い思いをしたことがある。

　棘は硬く長く、引っ張るとズルズルと出てくる。

　抜けた棘は長さが三センチ近くもあった。どれだけ痛かったことか。穴のように開いた傷口から血が滲（にじ）む。この状態で地面を歩けば土が入って傷口が腐るような気がした。

「ちょっと待って。毒消しの汁を塗るから」

　歩きながら摘んできた毒消しの葉を肩かけカバンから取り出して、よくよく揉んだ。毒消しの葉は切り傷やあかぎれに効くから、見かけるたびに摘むようにしている。

　きつい臭いの葉を揉んで、ギュッと絞って出た汁を深くて細い傷にすり込んだ。これを塗ると傷が膿みにくい。汁がしみて痛いのか、若い狼は「キューン」と子犬みたいな声を出したが動かないでいてくれた。

その日以降、オリビアが早朝や昼間の森に入ると狼が寄ってくるようになった。あんまり人間に慣れさせるのは危険だから、名前をつけたいのを我慢し、触りたいのも我慢した。

数か月後には若い狼は大人になり、恋をした。オスの狼と遠目にオリビアを見にきたが、もう近寄ってはこなかった。

オスの狼は殺気こそ放っていなかったが、オリビアに近寄る気は全くないようだった。それでいい、と思った。やたらに人間を信用して近づけば、いつかは人間に殺される。

恋のお相手ができて以降、狼は姿を見せなくなった。だけど我が子が毒桃を食べてしまい、よくよく困ってオリビアを思い出して来てくれたのだろう。それで十分だ。

会ったのは数年ぶりで、オリビアの家までやってきたのは初めてだった。家の場所はどうやってわかったのか。オリビアが薬草を摘むときに歩く獣道の匂いをたどったのか。

思い出に浸りながら歩き、川に出た。

まずはロブが満足するまで遊ばせないと釣りはできない。すでに興奮して呼吸が荒いロブに「いいよ」と声をかけると、ロブは一直線に川に飛び込む。ロブと暮らすまでは犬が笑うことを知らなかったが、今のロブの顔は間違いなく笑っている。

川上から川下へと流されながら泳ぎ、岸辺に上がってブルブルと身体を振って水を弾き飛ばす。たまにわざわざオリビアの隣に来てそれをやるのはなぜなのか。心を読んでも『ひゃー！』とか『わははは！』などという心の声だけが伝わってくる。何も考えていない。

泳いでは岸に上がってブルブルし、また川に飛び込んで泳ぐ。それを何十回も繰り返してやっと満足したらしい。木陰に横になって舌を出し、ハアハアと息を整えながらロブは笑っている。


「さて、釣りますか」

今の騒ぎで魚は皆、川上へと移動しただろう。つば広の帽子にズボン、シャツという格好でバケツを持って少し場所を変える。

川の流れは速いがところどころ淵（ふち）になっていて、そこはエメラルド色に見える。流れが穏やかな淵にはいつもマスがいる。淵の上には対岸の崖から張り出した松の枝が伸びて、日陰を作っている。

蓋（ふた）つきのガラス瓶の中には、庭で掘って捕まえたミミズがたくさん。街の女性なら悲鳴を上げそうなガラス瓶から一匹ミミズを取り出して針につけ、淵を目指して竿（さお）を振る。長い糸が綺麗な曲線を描いて飛んでいく瞬間がオリビアは好きだ。

淵の上流にミミズは落ちて、流されて淵に届いた。

マスが空腹でありますようにと願いながら待つ。やがてクン！　と手応えが糸を通して伝わってくる。マスがしっかりミミズを咥えるのを待ってグッと竿を立て、マスを釣り上げた。魚や蛇や昆虫の感情は伝わらない。だからオリビアでも釣りはできる。

マスをバケツごと川の水で冷やしながら、次を釣る。山の雪解け水が流れている川は、夏でもとても冷たい。

釣りは祖父が教えてくれた。

「お前は神様からの贈り物だよ」

祖父はことあるごとに言っていた。

「子がいない私たちの人生の最後に、神様が子育ての楽しみを与えてくださったんだ」

祖父も祖母も、一度だってオリビアに嫌な感情を持たなかった。

「私たちは先が短いからね、お前には教えておかなきゃいけないことがたくさんあるよ」

そう言うときの祖父母の心はいつも慈愛に満ちていた。オリビアはわがままを言わないようにしていたが、それでも幼い頃は失敗をたくさんした。だが、祖父母が声を荒げたことなど一度もない。

日が高くなるとマスはミミズをあまり食べなくなる。

「そろそろ釣りは終わりね。帰りますか」

今日の釣果はマスが大小合わせて八匹。まあまあだ。

「明日は牛乳が届く日だから、マスと野菜のチャウダーにしよう」

バケツを手に立ち上がると、寝ていたロブも起き上がる。『さあ帰ろう』というロブの考えが伝わる。犬は驚くほど人間みたいな思考や感情を持っている。

「明日はミルクが届くわよ」

『ミルク！　おいしいミルク！　うひゃー！』

はしゃぐロブの心が可愛くて、笑いながら家を目指した。

12 マスと野菜のチャウダー

アーサーはフレディ薬草店で重宝されている。

今日は客がいないときに古くてガタつくテーブルの脚を微調整し、高い場所の埃を全て払い、古いドアのキーキー音を消すべく蝶番（ちょうつがい）に油をさした。

「アーサー、君は実に有能な従業員だねぇ」

「ありがとうございます。身体を動かすことが好きなんで」

「よく気がつく。傭兵さんというのは、もっとこう、大雑把というか細かいことは気にしない人たちなのかと思っていたよ」

「人によりますね」

「それはそうか。おっと、昼飯時をすっかり過ぎてしまった。食べにいっておいで。私はお弁当だ」

「はい、では行ってきます」

「ゆっくりしていいからね」

「ありがとうございます」

アーサーは薬草店を出て、繁華街へと向かう。

「何にするかな」

傭兵時代は食べる物がなくなれば、それこそ蛇もカエルも昆虫も、なんでも食べた。好き嫌いを言っているようでは戦闘で敵を倒す前に自分が弱る。

「お兄さん、串焼きいかがっすか。柔らかい豚の串焼きですよ。一本大銅貨二枚っすよ！」

「ああ、二本もらおうか」

「まいどありっ！」

脂がジュウジュウ音を立てている串焼きを渡された。脂身が多い豚の角切り肉が串に四切れ刺してある。歩きながら口に入れると、労働者向けらしく塩がきつい。

「これは喉が渇くな」

周囲を見回して果実水の屋台に近寄ると、売り場の女の子が「いらっしゃいませ！」と笑顔を向けてきた。

「果実水を一杯」

「はい！　大銅貨一枚と小銅貨五枚です！」

代金を支払い、あちこちに置いてあるベンチに座る。昼食時を過ぎているからか、ベンチは空いていた。串焼きにかぶりつき、果実水を飲む。丁寧に嚙んで食べると豚肉のうま味が口の中に広がる。

（豚ほほ肉の辛いスープ、うまかったな）

スープを思い出すのと同時にオリビアの顔が浮かぶ。不用心で、動物と会話できてお人好しのオリビア。そんなアーサーの前を横切って、母娘連れが隣のベンチに座った。手には果実水。見るからに裕福そうで（別荘街の人か？）と思いながら串焼きの肉を噛む。

「お母様、あのお店にまた行きたいわ」

「さっき行ったのに。もう？」

「あんなに美味しいマスのチャウダー、初めて食べたんだもの。魚臭さが全然なくて、マスが美味しかった。日替わりなら、明日はまた違うスープなんでしょう？」

「そうね。エレンが魚をあんなに美味しそうに食べるのは珍しいと思って見ていたわ」

「あのお店に通って、スープをメモしておきたいわ。結婚したときに役に立ちそうじゃない？」

「まだ恋人もいないのに？」

「もう、お母様ったら。いつかよ、いつか。私、毎日でも通いたいわ、スープの森」

（やっぱりあの店の話か。マスのチャウダー？　あー、すごくうまそうだな。マスをどう使っているのかな。チャウダーってことはミルクを使うんだろうか）

アーサーは無性に『スープの森』に行きたくなった。塩辛く脂っこい豚肉の串焼きを食べながらオリビアのスープを思い出す。

（あの店はいつが定休日なんだろう。あそこまで歩いていって休みだったら悲しすぎる。今度聞いてみよう。いや、フレディさんなら知っているか）

残っている肉を一気に口に入れて果実水で飲み込み、アーサーは店に戻った。


「なんだ、もう帰ってきたのかい？　もっとゆっくりしてきてもよかったのに」

「フレディさん、スープの森って店、ご存じですか」

「ああ、オリビアの店だろう？　美味しいよね」

「定休日ってあるんですか？」

「確か、休息日が定休日だよ。アーサーはあの店を知っているのかい？」

「はい。この前ウィリアムさんを助けたとき、その店に運び込んだんです」

「へえ、そうだったのか。あの子はあまり人と関わりたがらないけど、真面目でいい子だよ。何より料理が上手だ。それとね、薬草に詳しい。うちにも買いにくるし、たまに薬草を納めてくれるんだ」

「そういえばそんなことを言っていました。この辺にない薬草を買いにいくって」

フレディは意外に思う。

（オリビアは愛想は悪くないが、最低限のことしかしゃべらない。あの子がそんな世間話をしたのか）

「あの子はね、ちょっとわけありなんだ。五歳のときに生家から逃げてきたらしい」

「逃げた、ですか？　それも五歳で？」

「うん。ジェンキンズがあの子を森で保護したとき、泣きながら『家に帰りたくない、この家に置いてくれ』って、それだけをひたすら繰り返していたそうだよ。上等なドレスを着て、全身傷だらけで森の中を逃げていたらしい。一人で森の夜を過ごしたそうだよ。よほどのことがあったんだろうって、ジェンキンズが涙ながらに語っていたな。あ、ジェンキンズってのは、オリビアを保護して育てた前のオーナーだよ」


どう見ても大切に育てられた感じのオリビアの過去に、アーサーは心底驚いた。

五歳の子供が森で一晩過ごすことがどれだけ異常なことか、アーサーにはわかる。真っ暗で何も見えない森はいろいろな動物の声が聞こえて、大人でも恐ろしい場所だ。

街育ちの新人の傭兵なら、パキッと小枝が折れる音が聞こえただけで怯える。熊が出るか狼が出るかわかったものではないからだ。周囲に屈強な傭兵仲間がいても恐ろしく思うのが普通だ。

「たった一人で、しかも五歳って」

「ジェンキンズ夫妻は大切にあの子を育てたけどね。数年前に夫婦揃って神の庭に行ってしまった。オリビアはまた一人になったんだ。家族に縁が薄い子ってのは、どこまで行っても縁が薄いままなのかね」

「それで一人暮らしなんですね」

「うちは週の中日が休みだ。気が向いたら行ってやっておくれ」

「はい」

(そうだな。休みの日はあの店に行こう。いや、休みの前の日の夜も行ってもいいか。いや、そんなに通ったら気持ち悪がられるのか?)


薬草店の仕事を終え、身体をさっぱりと拭き清めた夜。ベッドに仰向けに横たわってアーサーは考え込んでいる。

店主のフレディはオリビアと動物の話をしなかった。もし、彼女が動物と会話できることを知っていたら、保護されたときの話や料理の話をする前に、一番にその話題を出しただろう。

「つまり、あの不思議な能力のことは知られていないのか。なら、オリビアはなぜ俺の前で蛇に話しかけたりしたんだ?」

狼の子供のときは自分がこっそり追跡したから別にしても、蛇のときはどうにでもできたはずだ。会話ができないふりもできただろうし、自分を小屋から追い出してから蛇と話をすることもできたはず。

「オリビアに信用されてる、のか? いや、いやいや、それは自分に都合よく考えすぎだ」

ウィリアムを迎えにいったときに、心に突然オリビアの声が聞こえたような気がしたことを思い出した。そんなわけはないのに、彼女が自分を見て「戻ってきてくれて助かったわ」と言ったような錯覚を覚えた。

アーサーはガバリとベッドの上に起き上がった。

「いくら戦場から遠ざかったとはいえ、浮かれているんじゃないのか俺。あの店にこの先も通いたかったら、彼女に嫌がられるような態度は取るべきじゃない」

※・・・※・・・※

アーサーが自分を戒(いまし)めている頃、別荘街のヒューズ家ではウィリアムと父親がオリビアとアーサーに渡すお礼のことを話し合っていた。

「父さん、あの店の人と連絡してくれた男性に、お礼をしようと思うんだけど」

「うん？　大銀貨を何枚か渡せばいいんじゃないか？」

「それなら僕が持っていきますよ。杖(つえ)をついて馬車を使えばいいんだし」

「お前が行くかい？　ではちょうどいい、カレンを連れていきなさい。すっかり別荘暮らしに退屈しているようだ」

「はぁ。カレンをですか」

「そう嫌そうな顔をするな。カレンは離婚したばかりで可哀想なんだから」

「可哀想ですかねぇ。そうは思えないけど、わかりました。じゃ、カレンも誘って行ってみます」

13 兄妹（きょうだい）の来店とアスパラガスの冷たいスープ

朝の九時にロブが吠えた。外を見ると、アーサーが下処理済みの丸鶏（まるどり）を二羽ぶら下げて外で立っている。

「アーサーさん、おはようございます！　早くにどうしました？　その鶏は？」

「あー、えーと、俺、薬草採取で世話になったのにお礼をしてなかったから。せめてこのくらいはと思って。俺、今日は休みなんです」

「薬草のことなら気にしなくていいのに。でも鶏肉は嬉しいです」

そのまま台所に招き入れて二人で鶏をさばいた。部位ごとに切り分けた後、アーサーは台所の隅でオリビアの調理を眺めている。


十時になった頃、馬車が店の前に停（と）まった。その日一番の客として開店前にやってきたのはウィリアム兄妹だ。

アーサーはなんとなく顔を出しそびれ、そのまま台所に引っ込んでいることにした。

「いらっしゃいませウィリアム様。お加減はいかがですか」

「杖を使えば動けるよ。どうやら筋を少し切ったようだが、医者が言うには時間が過ぎるのを待つしかないらしい」

「お大事になさってくださいね」

「ありがとう。今日は妹を連れてきたんだ」

そう言ってウィリアムは隣の席に座っている妹を紹介した。

「妹のカレンだ。最近離婚したばっかりでね。ここのスープを飲めば元気になるぞと言って連れてきたんだよ」

「兄さん、初めましての人にいちいち私の離婚まで紹介しなくてもいいわよ。ごめんなさいね。兄ってこういう無神経な人なの。だからいつまでたっても結婚できないのよ」

オリビアは困り顔で笑った。

ウィリアムも相当開けっ広げな心の持ち主だが、カレンも相当に心を開いている人だ。見るからに大金持ちの女性だが、心の中と言葉が全く同じところは安心できた。

「今日はアスパラガスの冷たいスープとローストポーク、薄切りパンです。パンは何枚になさいますか」

「僕は三枚で」

「私は一枚にしてくれる?」

「かしこまりました」

春も終わりかけで、アスパラガスが旬だ。味もいいし安いのでたくさん買い込んである。今日のスープは茹でて裏ごししたアスパラガスを、鶏の出汁とミルクでのばしたものだ。それをよく冷やしてから皿にたっぷりと注いだ。そして揚げた刻みパンを最後に散らせば完成だ。

スープも皿も鍋も氷で冷やしてある。氷は秘密の場所から夜明け前に運んできた。この季節にキリッと冷やしたスープはご馳走だ。

「お待たせしました」

「ありがとう、って！　どうしてこんなに皿もスープも冷たいんだい？」

「兄さん、いちいちうるさいわよ。あっ！　本当ね。なんでこんなに冷たいの？」

「地下に氷室があるんです」

「へえ！　すごいわね。王都のレストランだって氷室があるお店なんて聞いたことがないわ」


春から夏に切り替わる時期は、身体が温度の変化に追いつかずに食欲が落ちやすい。

そんな日を選んでオリビアは氷で冷やしたスープを出す。それを知っている常連さんたちは、毎年冷たいスープの日を心待ちにしてくれている。

ウィリアムとカレンの兄妹は、二人で四人分くらい賑やかだ。妹が一緒だからか、ウィリアムはオリビアの身体をチラチラ見ることもなく行儀よく過ごしている。

「いやあ、こんな田舎でこれほど洗練されたスープが飲めるとは思わなかったよ。ご馳走様、また来るよ。それで、これは食事の代金とこの前のお礼だ。お金が一番かさばらなくて便利かと思ってね。それとこれはあの男性の分。君から渡してほしい」

「えっ。いえ、私もあの人もそんなつもりではありませんでしたから。お金は結構です。こうしてわざわざ来てくださっただけで、もう十分ですから」

　オリビアの手に渡されたのは二人分の大銀貨十枚。大銀貨一枚はお出かけ用の上等なワンピースが一着買える金額だ。一枚ならともかく十枚という数に驚いて固まる。

「あら、いいのよ、オリビアさん。気にしないで受け取って。そうしないと、もっとうるさい父がやってきて、もっとたくさんのお金を押しつけようとするわよ？　うち、成金(なりきん)だから。なんでもお金で片づけようとするの。下品でしょう？　ふふふ。兄と父の心の平穏のために、受け取ってもらえると助かるわ」

「はぁ。ではありがたくいただきます」

「ありがとう。これで私も気軽にここに来られるわ。あなたのスープ、とても気に入ったの」

「ありがとうございます。またどうぞ」


　ドアベルの音をカランカランと鳴らして兄妹は去っていった。

「ふぅぅ」

「オリビアさんお疲れ様。なんだかすごかったね」

アーサーが台所から苦笑しながら出てきた。

「二人ともよく似てたなぁ」

「ウィリアムさんと妹さん？」

「うん。二人とも押しが強かった」

「まあそうですけど。でも、妹さんはさっぱりしていていい方みたいですよ。また来てくれたら嬉しいかも」

「そうか。君がそう思うならよかった」

「そうだ！　鶏むね肉だけは干し肉にしようと思うの。アーサーさんも手伝ってくれますか？あっ、はい、これ、お金。大銀貨」

「思わぬ収入だな。ありがたく受け取るよ。で、干し肉、ぜひ作り方を知りたいんだけど」

「簡単ですから。見ていてください」

オリビアはそぎ切りしたむね肉に強めに塩を振り、庭のローズマリーとタイムを細かく刻んだものをたっぷりまぶした。

「ローズマリーとタイムか。割とどこにでも生えている香草だね。これで干すの？」

「いいえ。このまま味が染み込むまでひと晩置くんです。それから低温で焼いてから干すの」

「干し肉って結構手間がかかるんだね」

「手間はかかるけどやることは簡単で美味しいですよ。お客さんに美味しいって喜ばれるのも嬉しいし」

　オリビアはこんなに近くに人がいてもくつろいでいられる自分に驚いている。

（なんでアーサーさんだと緊張しないんだろう）と不思議に思う。

「あの、立ち入ったことを聞くようだけど、この店に氷室があるの？」

　振り返ったオリビアの顔がいたずら小僧みたいだ。

　手早くざるに味つけをしたむね肉のそぎ切りを並べ、その上から同じサイズのざるを被せている。ざるは全部で四組。アーサーの質問への答えはない。

「アーサーさん、これを二階に干すの、手伝ってもらえますか」

「ああ、もちろん」


　オリビアは二階の廊下の窓を全部開け放ち、天井に打ち込んである四つのフックに手早く紐を引っかけた。その紐に木の枝をそれぞれ通す。

「二本の棒の上にざるを載せてくれますか」

「こう？　ざるは落ちない？」

「よほど強い風が吹かない限り落ちません。お昼のお客さんが途切れたら、我が家の氷室にご案内しますわ」

わざと気取った言い方をするオリビアを、アーサーは笑いを堪(こら)えて眺める。そして（あれ？少し元気すぎないか？）と思う。

過去三回会ったときのオリビアは、もっと落ち着いた雰囲気だった。今日の彼女は妙にはしゃいでいて、少し無理をしているような気がした。

「スープの森の氷室、見せてもらえるんだね。楽しみに待つよ」

「じゃあ、本でも読んで待っていてくださいな。きっと驚きます」

14　氷室と冷たいお菓子

昼の客が全員帰り、オリビアとアーサー、ロブが森の中を歩いている。

「オリビアさん、氷室は？　お店の地下室じゃないんですか？」

「うちには地下室はないですよ。氷室は森の中にあるんです」

にこやかに語るオリビアを見て、アーサーは（やっぱり今までと少しだけ違う）と思う。ほんの少しだけ元気すぎる気がするのだ。

（人間は、本心を悟られまいとするときに過剰に逆の演技をしがちだ）

　アーサーはこの直感のおかげで何度も難を逃れてきた。

　以前、たまたま一緒に旅をしていた男たちが、それまで一緒に旅をしていたときよりも、アーサーに対して親切で陽気に振る舞っていたのを感じ取って怪しんだ。

寝たふりをした結果、男たちは寝ているアーサーに六人がかりで襲いかかってきた。すぐさま反撃し、相手が起き上がれなくなるまでぶちのめした。

彼らはアーサーの荷物をこっそり漁り、リュックに金貨が数枚入っているのを知って、「その金貨を取り上げよう」ということになったらしい。

そんなアーサーの勘が（今日のオリビアは少し変だ）と訴える。

（なんだろう。彼女は何を隠そうとしているんだろう）

「ここです。私の後についてきてくださいね。滑るから足元に気をつけて」

そこは木が茂る斜面。黒いゴツゴツした岩が積み重なっていた。

オリビアが人の頭ほどの大きさの岩を次々に動かすと、そこに穴が現れる。どうにか人が入れるくらいの穴になると、するりとその中に入り込んだ。ロブとアーサーも続いて入り込む。

穴の中でアーサーの身体が湿気と冷気に包まれる。洞窟の高さは高い場所でもアーサーの頭がぶつかる。低い場所はアーサーの胸くらいか。


「ここが氷室？」

「はい。涼しいでしょう？」

「よくこんな場所を見つけたね」

「教えてもらったんです」

「おじいさんに？」

「いえ」

オリビアはそれ以上は言わなかった。

奥に進むと空間があり、その更に奥は狭くて人間は進めそうにない。洞窟の床に木箱が並べてあり、そこに四角く切り取った氷がたくさん積んである。

「この氷は、川が凍ったときにノコギリで切り出すんです。ソリに積んで雪の上を運びました」

「君が？　一人で？」

「ええ。私一人で」

「そんな時期に川に落ちたら危ないよ？」

「そう？　どうってことないわ。慣れているもの」

(あ、まただ。口調が妙に元気だ)

「アーサーさん寒いでしょう？　もう出ましょうか」

「そうだね」


オリビアの手には大人の頭くらいの氷が二つ抱えられていて、氷は布で何重にも包まれている。アーサーが手早く岩を積み直した。

「氷、俺が持ちますよ」

「ありがとうございます。ではお願いします」

言おうか言うまいか迷ったが、アーサーは言うことにした。

「オリビアさん、もしかしたらだけど、何か悲しいことでもありましたか？」

「んんん？　どうしてです？」

「オリビアさん、今日は少し無理していませんか？　何かつらいことがあったのなら、人に話すだけでも少しは……あっ」

オリビアは転んだ直後の子供みたいな顔をしていた。視線を下に向けて口をへの字にし、目を潤ませている。

「ごめん。俺、無神経なこと言ったね」

「ううん、違うんです。実はね、洞窟を教えてくれた大好きな友人が遠くに行ってしまったの。たぶんもう戻ってこない」

「友人、ですか」

「ええ。一緒に水浴びして、一緒にお花や月を眺めて、たくさんおしゃべりした友人なんです。大好きで大切な友人だったの。お別れして見送ったときは割と諦めがついたつもりだったのに、だんだん寂しくなってしまって。みっともないですね、いい歳をしてこんな」

途中から涙を堪えることは諦めたらしく、オリビアは前を向いて歩きながら大粒の涙を流している。その横顔を眺めながらアーサーは（その人って恋人なんだろうなあ）と思う。

二人で水浴びをし、二人で花を眺め、月を眺め、おしゃべりをする。アーサーは恋人を持ったことがないが、それはどう考えても恋人の話だ。

（最近別れたということか）

「あの洞窟もその人に教えてもらったんですか？」

「その人？　あぁ、ええ、そうですね」

聞き返された口調にアーサーはまた違和感を覚えたが、手の甲で涙を拭き拭き歩いているオリビアにそれ以上は何も言えず、開きかけた口を閉じた。

アーサーの理性が（今はこれ以上踏み込むな）と言う。だから黙って店まで歩いた。

フレディの「家族に縁の薄い子ってのは、どこまで行っても縁が薄いままなんだな」という言葉が耳に甦り、胸が痛む。


『スープの森』に着いたところでオリビアが振り返った。

「アーサーさん、甘いものは好きですか」

「はい」

「じゃあ、座って待っていてください。甘くて冷たくて美味しいものを作りますから」

にっこり笑うオリビアは目も目の周りも赤くて、いつもより子供っぽく見える。

アーサーは（余計なことを言わなければよかった）と後悔し、気の利いた慰めを言えない自分がもどかしい。

（こんなときに優しく慰めるには何を言えばいいんだろう）

戦場で生き抜く手段はたくさん知っているのに、傷心の彼女を慰める言葉はひとつも思いつかない。

「さくらんぼのお茶もだけど、俺は知らないことが多すぎる」

思わず独り言を言うと、オリビアが台所から声を大きくして聞き返してきた。

「えっ？　ごめんなさい、聞こえませんでした。なんでしょう？」

「独り言です！」

そして口の中で「気が利かない男の独り言です」とつぶやく。


しばらくしてオリビアが缶に入った何かを運んできた。

「さ、どうぞ召し上がれ。祖父が冬によく作ってくれたものです」

茶葉をしまっておくような蓋つきの缶は冷たく、その蓋を開けると、中にはまた小さな缶が入っていた。中の缶の周囲には、水滴が凍って張りついている。

指先に力を入れて中の缶の蓋を開けると、中には白いクリームのようなもの。オリビアはそれを小皿に盛りつけてくれた。

添えられていたスプーンですくって口に入れる。爽(さわ)やかな甘さと濃厚なミルクの味。

「美味しい！」

「でしょう？　私、大好きなんです」

「これ、ミルク？」

「クリームです。ミルクを配達されてしばらく置いておくと、瓶の上のほうにクリームが集まるでしょう？　それだけを取り分けて、砂糖を入れて、こうして冷やしながら振るとできあがり」

「本当にうまいなあ」

「これは祖父に教わりました」

普段は甘い物はあまり食べないアーサーも、冷たいクリームを立て続けにスプーンで口に運ぶ。


やがてオリビアが夕食の準備に入る時間になった。

「じゃあ、俺はそろそろ帰ります」

「あっ。アーサーさん、今日は私、少し変だったかもしれませんけど、よかったらまた来てください」

オリビアが伏し目がちに話しかけてきた。アーサーは「ええ、ぜひ」とだけ答えて店を出たが、回れ右をしてすぐに店へと戻った。

オリビアが驚いた顔で出てきた。アーサーは理性よりも自分の勘と感情に従うことにした。

「花や月を眺めたくて、でも一人じゃ寂しいと思うことがあったら、お別れした人の代わりに俺に声をかけてくれませんか。寂しくなくても声をかけてもらえたらもっと嬉しいですが」

オリビアは何度か目をパチパチしたが、何も言わない。

（やっぱり突然すぎたか）と反省し、アーサーは「考えてみてください」とだけ言って返事を待たずに背を向けた。

十キロの帰り道、何度か（早まったか？　恋人と別れた直後に無神経だった？）と思ったが、クヨクヨするのは性に合わない。

「言葉に出してしまったんだ。今更だ」

なんとなくそのまま自分の部屋に戻る気になれず、そのまま街をぶらつく。酒場に入り、安くて強い庶民の酒を飲んでいると、話しかけてきた若い男がいた。

「あれ？　お兄さん、串焼きのお客さんですよね？」

「ああ、君は串焼き屋の」

「はい。週に四回も串焼きを買ってくれるお得意様だから覚えています」

「俺、週に四回も串焼きを食ってたか」

「はい。あれ？　覚えてないんですか」

「全く覚えていなかった。そりゃちょっと考え直さないとだなあ」

「そんな。毎日でも串焼きを買ってくださいよ」

そこに女性の声が割って入った。

「ちょっといいかしら？　一人で寂しく飲んでる私もおしゃべりの仲間に入れてくれない？」

会話に割り込んできた女性はウィリアムの妹カレンだ。アーサーは台所から見ていたから顔を知っているが、カレンのほうはアーサーを知らない。アーサーを妖艶(ようえん)な眼差(まなざ)しで見つめながら話しかけてくる。

「こんな田舎にもあなたみたいに素敵な男性がいるのね。ご馳走するわ。なんでも好きなものを飲んで」

おごりと聞いて串焼き屋の若者が嬉しそうな顔になった。

「お嬢さん、僕もいいですか？」

「ええ、いいわよ。私はカレン」

「僕はロイです」

「……」

「あなたは？　名前も教えてくれないの？」

「次に会ったときにでも。俺はもう帰るんで」

アーサーは口を尖(とが)らせて見送るカレンの視線に背を向けた。

15　青えんどう豆のポタージュとカレン

その日は朝から風が強い日だった。

スズメのチュンが来て、『雨　雨　いっぱい　雨！』と繰り返した。

「教えてくれてありがとう。これはお礼よ」

チュンにパンくずを与える。チュンは全部残さず食べ、いつものように窓枠にくちばしをこすりつけて飛び去った。

「いっぱい雨、か。お客の入りは期待できないわね」

スープは少なめに仕込むことにして、いつもの半分の量の野菜を刻む。


馬車の音がしたので窓の外を見ると、ヒューズ家の家紋だ。二本のハンマーが交差している珍しい柄だから覚えている。ウィリアムが来たのかと思ったが、馬車から降りてきたのはウィリアムの妹、カレンだった。

「こんにちは。スープが恋しくて来ちゃった」

「いらっしゃいませ。来てくださってありがとうございます」

「日替わりスープをお願いね。パンは一枚で」

「つけ合わせはマスのバター焼きですけど、どうなさいますか？」

「それも」

「かしこまりました」

今日は青えんどう豆のポタージュだ。

大きな鍋には、色鮮やかに茹でられた青えんどう豆。すり潰すと初夏の香りが漂い始める。

チキンスープでのばして裏ごしして、味を見る。

「んー。もう美味しい。でも、まだ我慢」

新鮮なミルクと合わせて塩を少し強めに。もう一度スプーンで口に運んで味見する。

「はぁ。美味しい。もうすぐ夏が来るって感じ」


「お待たせしました。青えんどう豆のスープとマスのバター焼き、それとパンです」

「ああ、全部美味しそう！」

カレンは緑色のスープを口に入れ、うっとりした顔になる。

「はぁぁ。ここのスープを飲み続けたらあなたみたいに透明感のある肌になるのかしら」

「肌、ですか。私は日焼けしてるから」

「してないわよ！　十分白いわよ！」

たいして肌の手入れをしていないオリビアは困った顔になる。

「今、忙しい？」

「他のお客様がいらっしゃるまでは暇です」

「よかった。あのね、最近、すっごく好みの男性を見つけたのよ。体格がよくて強そうで、愛想が悪くて、でも誠実そうな人。そして私に興味がなさそうな人」

「興味がなさそうな人、ですか？」

「私に興味なさそうな人をこっちに向かせて、夢中にさせるのがワクワクするじゃない？」

するじゃない？　と言われても、オリビアは恋人を持ったことがないし、自分に興味を持たれなければ（やれやれ助かった）と思うほうだ。それをわざわざ自分に振り向かせるなんて考えたこともない。

カレンはパクパクと食べ、オリビアに話しかけるが品のよさは失っていない。その辺がゆとりのある育ちゆえだろうかと思う。

「オリビアさんはそういうこと考えない？」

「はい。私は一人でいるのが好きなので」

「あらぁ、もったいない。美人なのに」

そこでカランと音がしてドアが開いた。アーサーだ。オリビアの口角がほんの一瞬上がったのを見て、アーサーは心の中で「ふぅぅぅ」と盛大に息を吐く。

「いらっしゃいませ、アーサーさん」

「今日のスープとパン、つけ合わせをお願いします」

「かしこまりました。少しお待ちください」

オリビアが台所に入り、アーサーがカレンから離れた席に座るのを待って、カレンが声をかけてきた。

「こんにちは。アーサーって名前なのね」

声のほうに顔を向け、アーサーはカレンを見た。迷惑そうな顔をしないよう、相当な努力をして無表情に挨拶をする。

「ああ、こんにちは」

「あなたとこの店で会うなんて意外。歩いてきたの？」

「ええ」

「街から十キロはあるわよね？　この店のために来たのかしら」

カレンはキラキラした目でアーサーを見ているが、アーサーは少々げんなりしている。

今日は薬草採取の仕事でここまで来た。採取の前に腹を満たそうと思って店に入ったのだが（順番を間違えたな）と思う。この手の女性は、愛想をよくしても冷たくしても厄介なのは経験済みだ。

オリビアがトレイに載せた料理を運んできた。カレンとアーサーが会話しているのを見て、

（あっ、さっきの話の男性って）とカレンの話とアーサーが結びついた。

16　アーサーは群れの仲間

「お待たせしました。アーサーさん、もしかして薬草の採取ですか？」

「ええ、そうです」

「だったら早めに出たほうがいいですよ。今日は雨が降りますから。降るまではまだ時間があると思うけど」

「そうですか。風の感じからもしかしたら、とは思っていたけど、それなら急がなくては」

「ええ、そうしてください。気をつけて」

席から離れようとしたオリビアをアーサーが声を低めて呼び止める。

「オリビアさん」

「はい？」

「この前は申し訳なかった」

「そのことでしたら」

ドアベルが立て続けに鳴り、常連客が続々と店に入ってきた。オリビアは「いらっしゃいませ」と声をかけ、アーサーに会釈をして新たな客のほうへと立ち去った。

アーサーは（とりあえず嫌われてはいないようだ）と安堵してスープを飲む。青えんどう豆の香りがする濃厚なスープが口からゆっくりと胃に落ちていく。豊かな味と香りに思わずうっとりとしてしまう。

「少しいいかしら」

食事を終えたカレンがお茶のカップを手にアーサーの席に移動してきた。（いいも何も、もう席を移動しているじゃないか）と、アーサーは無表情にスープを飲み、マスのバター焼きを口に入れる。

「そんなに嫌そうな顔しないでよ。これからどうするの？」

「これから森に入ります。仕事です」

「仕事って？」

食べ進めていたアーサーがカレンの目を正面から見た。

「俺に何か用事でしょうか」

「ずいぶんね。用がないと話もできないの？　帰りに私の馬車に乗って帰らない？　私が森に一緒に行ってもいいし、それがだめなら待っているけど」

「お断りします。森には仕事に行くのだし、待たれるのは苦手です」

「ふうん。あなた、オリビアとは笑顔でしゃべるのね？　何？　彼女を好きなの？」

「……いい加減にしろよ」

今までとは全く違う口調と声にカレンは驚く。穏やかに見えていたアーサーの雰囲気が一変していた。目が静かに冷たく怒っていて、カレンは声が出せなくなった。

せっかくの美味しい料理だったが、アーサーはバクバクと味わうことなく食べ、席を立った。「また来ます」と台所に向かって声をかけ、テーブルに硬貨を置いて席を立つ。驚いて固まっているカレンには目を向けず、ドアを開けて外に出た。風が強く吹いている。

「急ぐか」

アーサーは大股で森へと入っていった。

その頃、カレンはやっと驚きから立ち直っていた。

「何よ。見てなさい、私に夢中にさせてやるから」

離れたテーブルの常連客に料理を運んでいたオリビアは、彼が一瞬だけ怖い目になったのを見てしまった。

アーサーの強い感情が流れ込んできたから反射的にそちらに顔を向けたのだが、アーサーは口には出さずに『オリビアに手を出すな』『何かしたら許さない』と怒っていた。彼の心が怒りの色に染まっていた。

驚きと緊張で心臓が速く動いたが、素知らぬ顔をした。

やがてカレンも常連客たちも全員が帰った。オリビアはヤギを草地に放して二匹を眺めている。ヤギたちはいつものごとく『草　うまっ！』『この草　うまっ！』を繰り返している。

人間に対しては頑（かたく）なに一線を引いて生きてきたのに、たった四回しか会っていないアーサーにはなぜか心を開きたくなる。

それが正しい選択か間違いなのか、判断がつかずに迷う。

（アーサーさんなら私の能力を詳しく知っても嫌わないかも）とは思うものの、信じて打ち明けて失敗に終わったら、どれだけ悲しい思いをすることかと迷う。

「困ったわね、ピート。人間はやっぱり群れていたい動物なのかしらね」

「メッ！」

「メエッ！」

動物たちは皆、複雑な話になると聞き流してしまう。ピートとペペも、一応聞いてくれてはいるが、途中から聞き流している。込み入った話をしても最後まで聞いてくれて返事をしてくれるのは、あの金色の鹿とロブだけだ。

だがロブは何を話しかけても全面的にオリビアの意見に賛成するから、相談にはならない。

そのとき、外から切羽詰まった感情が伝わってきた。焦っているような慌てているような感情はおそらく小さな動物だ。たらふく食べたであろうヤギを小屋に戻し、前庭に回った。野鳥の餌台にスズメが六羽。せわしなく麦とパンくずを食べていた。

『大変　大変』『早く』『もっと食べる』『雨！』『雨　来る！』

どうやら雨は、オリビアが思っていたよりも早めに降るらしい。スズメたちは雨が降り続く前に食べられるだけ食べておこうと急いでいる。

「どうしよう。アーサーさん、どこまで行ったのかしら」

あの屈強そうな身体だから、雨に降られたところで死んだりしないのはわかっている。だが、雨が強く降っているときの森は、案外危険なのだ。足元がぬかるむし、葉に当たる雨の音で他の音が聞こえにくくなる。獣たちは豪雨の中に出てくることはまずないけれど、何があるかわからないのが森というものなのだ。

「元傭兵だもの、私が心配しなくても大丈夫よね。むしろ私が行ったら足手まといになる」

店のテーブルをゴシゴシと水拭きしながらも、心の半分は『大雨になる前に呼び戻したほうがいいんじゃないか』と騒いでいる。

森の王者といえる狼夫婦はオリビアなら襲わない。だが、アーサーがうっかりあの巣穴の近くに行ってしまったらどうだろうか。

アーサーのことをオリビアとセットで覚えていてくれたらいいが、子育て中で攻撃的になっている彼らは、オリビアがいなくてもアーサーを大目にみてくれるだろうか。

「狼だけじゃない」

春から夏に切り替わる今は多くの動物が子育てをしている。あの森には熊もいる。狼と熊はまず戦わない。無駄に命を削るようなことはしないのが、野に生きる獣たちの知恵だ。だが人間に対しては？

「あの熊たちに、運悪く出会ったりしないわよね？」

なんでも悪く考えたらきりがないと思いながら、ついに我慢できなくなってオリビアはテーブル拭きを諦めた。薬が入っている肩かけカバンに飴玉と水筒を入れ、店のドアに鍵をかけて森に向かって歩き出した。ロブは当然のようについてくる。

『あの人は私の群れの仲間よ』と狼に説明した自分の言葉を思い出す。

狼は仲間を見捨てない。何かあればリーダーの下で統率の取れた動きを取りながら、仲間同士助け合う。

「そうね。アーサーさんは群れの仲間だものね」

アーサーは『オリビアに手を出すな』と怒っていた。彼は自分をそう思ってくれているのだ。

花や月を見るときに声をかけてくれと言ってくれた。いなくなった鹿のことを人間と勘違いしていたようだが。

「行かなきゃ」

行ったほうがいいという思いは今や「行かなければ」という思いに変わって、足を急がせる。

風が強くなってきた。冷たく湿った風。もうきっと遠くで雨は降り出している。

オリビアは早足で森の中を進んだ。いつもは使わないようにしている能力を全て開放し、できるだけ遠くの心の声までを拾うようにしながら、アーサーの居場所を探りながら歩いた。

17　追い払う

オリビアが能力を全開にして歩き続けていると、多くの動物の感情が流れ込んでくる。

『雨　降る』『腹　へった』『うまー』『行く？　行かない？』『雨　来る？』『ウマー』

空腹でイライラしているのは、おそらく大型の肉食獣。雨が来るのを承知で出かけるかやめるか迷っているのも、大型の動物だ。アーサーの思考は感じ取れない。

オリビアはもう小走りだ。（早く見つけなきゃ。獣より先にアーサーさんを見つけ出さなきゃ）

ある地点まで来たら、突然興奮した感情が流れ込んできた。

『人間のニオイ』『人間』『人間だ』

少なくとも三匹の獣がアーサーの匂いを嗅ぎ当てたらしい。それも肉食獣。複数で動いているなら、おそらく狼。

「ロブ、アーサーさんの匂い、わかる？」

ロブはさっきから一生懸命匂いを嗅いでいるが、アーサーはあちこちをグルグル動き回ったらしく、ロブも同じ場所をグルグル回って探している。このペースでは間に合わない。オリビアは鳥たちに呼びかけた。

「人間を見かけなかった？　探しているの！　お願い、教えて！」

枝の陰でオリビアとロブの様子を見ていたらしい森の鳥たちが、口々に教えてくれる。

『人間』『あっち』『大きい人間』『こっち』

一羽のコマドリが枝から枝へと飛び移る。

「ありがとう！　必ずお礼を持ってくる」

鳥たちはお礼を当てにしているわけではない。オリビアが思い浮かべるパンくずや脂身のかけらなどのイメージに反応している。

『こっち　こっち』

「ありがとう！」

獣より先にアーサーを見つけなければ。アーサーは強いだろうが、三匹の獣がもしオリビアの知らない狼なら危ない。縄張りを持たずに移動している狼は、たいてい空腹だ。

（あの狼の夫婦じゃないわ。知らない群れ）

早く。一分でも早く獣より先に見つけたい。

「アーサーさーん！　いますかー！　アーサーさーん！　返事をしてー！」

「おー」

「いたっ！　どこっ！　声を出してっ！」

「こっちだ！　どうした？」

ザッザザッザッと走る音がして、森の奥からアーサーが走ってきた。

「オリビアさん！　どうしたんですか」

「早く戻りましょう。雨が降る」

「そんなことでここまで？」

「それだけじゃないの。危ないの。何かが来てる！」

そこまで言って口を閉じた。


『人間』『人間、キタ』『腹　へった』

三匹は、オリビアが自ら近づいてきたことを喜んでいる。

「おそらく狼が来ているの。三匹はいるわ」

アーサーが腰の大型ナイフを取り出した。辺りを素早く見回して、狼を見つけたらしい。

「三匹か。厄介だな。オリビアさん、木に登れる？」

「登れるけど、その前になんとかしてみるわ」

「なんとかって」

オリビアは声に出して、狼たちに『猟犬と猟師のイメージ』を送ることにした。

「私やこの人を食べたら、たくさんの犬が来るわよ。犬たちはみんな興奮して、吠えながらあなたたちを追い詰める。猟師を連れてくる。あの大きな音を立てる猟銃で、みんなを殺しに来るわよ」

一匹の狼の尻尾がスルスルと下がり、股の間に入る。もう一匹は迷っていて、リーダーの狼の顔色をうかがっている。リーダーの狼は冷静だ。オリビアが送りつけるイメージに怯えなかった。

『人間　人間』

ロブはまだ吠えない。今は低く唸りながらオリビアを守るためにピタリと脇に張りついている。

「犬たちがたくさん押し寄せるわ。追いかけられて、銃で撃たれるわよ」

強く、強く、全力でイメージを放つ。銃を持った猟師たちを思い浮かべ、興奮して吠え続ける犬たちを思う。実際には犬たちは狼に飛びかかることはないが、犬が狼に飛びかかるイメージを思い浮かべる。

リーダーの狼が少し怯(ひる)んだ。三匹は散らばってアーサーとオリビアを囲んでいる。

アーサーはナイフを構えてオリビアと背中合わせに立ち、オリビアが背後から飛びかかられないようにして狼を睨(にら)んだ。

「帰りなさい。私たちを食べれば撃たれて死ぬわ。お行き。さあ、行くの」

少しずつ少しずつ狼は距離を取り、ある程度の距離まで離れてからスッと姿を消した。それから気づいた。オリビアとアーサーから少し離れた場所に、あの狼の夫婦が来ていた。

「来てくれたの？　ありがとう」

『俺たちの群れ』

狼夫婦はオリビアを群れの仲間とみなして助けに来てくれたらしい。

「ありがとう。本当にありがとう。でも赤ちゃんだけにしていたら危ないわ。もう大丈夫。あなたたちも巣穴に帰って。本当にありがとうね」

「あのツガイは、俺たちを助けに来てくれたのかい？」

アーサーに向かってうなずき、前を向いたら狼の夫婦はもういなかった。


「オリビアさん、さっきのあれは何？　俺の頭の中に犬や猟師がいきなり浮かんだんだけど。あれ、オリビアさんが何かしたんだよね？」

「歩きながら説明します。行きましょう？　雨が来るわ」

二人で早足で歩きながらオリビアが話を始めた。

「私ね、動物の感情がわかるの。アーサーさん、見ましたよね？　私が狼の子供を助けてるところ」

「ああ、うん。でも、あのときは事情がよくわからなかった」

「それと、人間も動物だから。無防備なときは聞こえるの」

「聞こえるって……え。もしかして俺の心もわかるの？」

「無防備なときは。人間の感情はなるべく聞かないようにしているけど。……気持ち悪いですよね」

「気持ち悪くはないけど、俺、何を考えてたか心配になった」

　一瞬、森が白く明るくなり、だいぶ遅れて雷が鳴った。

「人間は心をいろんなもので覆っているから動物みたいにはわからないし、私も知りたくないから聞かないようにしてるの」

「それ、俺にしゃべって大丈夫なの？　今まで隠してきたんでしょう？　少なくとも薬草店のフレディさんはそのことを知らないようだけど」

「隠してるわ。みんな気持ち悪いと思うだろうし、知られていいことなんか、ないもの」

　また空が白く光り、今度はさっきより短い時間で雷鳴が響く。

「さあ、急ぎましょう」

「ああ」

しばらく無言で歩き続け、遠くに森の切れ目が見えてきた。明るい景色を目指して歩く。パラ、パラ、と葉に当たる雨の音。

二人は『スープの森』を目指して同時に走り出した。

18　ミントのお茶

店に駆け込んでから、すぐに雨が降ってきた。

最初はパラパラと降っていた雨は、たちまちのうちに土砂降りになった。窓の外が白く煙って見える。

「さくらんぼのお茶、飲みますか？　それとも普通のお茶？　ミントのお茶もありますけど」

「ミントのお茶、飲んだことないです」

「じゃあ、ミント茶にしましょうか」

その後は二人とも無言になる。お湯を沸かすオリビア、その後ろ姿を台所の小さなテーブル席から無言で眺めるアーサー。外から豪雨の音だけが聞こえる。

「聞きたいことがあったらどうぞ。正直に答えます。だいたいなら」

「今、俺が何を考えているかわかるの？」

「わからない。あなたは心が平静だもの。森でも、わからなかった。心が無防備じゃないと、人間の心はわからない。でも……あなたの心、カレンさんと話してるときにちょっと流れ込んできたわ」

「え。なんて？」

「ええと、いいのかしら」

「俺、そんな失礼なことは何も考えていなかったはずだけど」

「言いにくいんだけど」

「言ってくださいよ」

「『オリビアに手を出すな』『何かしたら許さない』って」

「あっ、うん。思いました。はい。うわ、恥ずかしい」

「ふふふ」

「くっくっく」

　その後は二人で笑い続けた。ロブが自分の寝床から頭を持ち上げて『何？』『どうした？』と思いながらオリビアとアーサーを見る。

「オリビア、今の彼はなんて？」

「どうした？　って思ってる」

「ふふふ、あっはっは。楽しいね」

「動物の心は聞こえても楽しいわ」

「ああ、そうか。人間の心は楽しくないか」

「ええ」

茶葉をティーポットにたっぷり入れ、生のミントの葉もたっぷり加えて沸騰したお湯を注ぐ。ティーカップもお湯で温めてからトレイに載せてアーサーの席まで運んだ。アーサーの向かい側に座り、茶葉が開くのを待ちながら、気になっていることを質問した。

「フレディさんから私のこと、何か聞いてますか？」

「うん。ごめん。噂話をしたわけじゃないんだ。たまたまそういう話の流れになった」

「フレディさんは祖父と仲良しだったの。年齢はだいぶ違うけどね」

「そのようだね。君のこと、ジェンキンズさんから聞いたって言ってた」

「祖父が何を言ってたか、聞きたいわ。教えて」

アーサーはカップにお湯を注ぐオリビアの手を見ながら答える。

「君が五歳で森の中でひと晩過ごしたって。それと、『家に帰りたくない、この家に置いてくれ』って、それだけを繰り返していたと。ジェンキンズさんは涙ながらにフレディさんに語ったらしい」

「そう。祖父の顔、久しぶりに思い出したわ。やだ、涙が出ちゃう。いい人だったの。祖父も祖母も。骨の髄まで優しくて、善人で。そんな夫婦に拾ってもらって、運がいいんです、私。さあ、ミント茶をどうぞ」

「ああ、いい香りだね。俺も試してみよう。それと、来年は絶対に森でさくらんぼを集める！」

オリビアはアーサーを見ながらお茶を飲んだ。

「子供の頃ね、人間は全員が自分と同じだと勘違いしていて」

「うん」

「聞こえる声のことをべらべらしゃべってた。そうしたら、他の兄弟や従弟（いとこ）たちの縁談に障りが出ると、私の祖父が判断したの。私を遠くの修道院に入れろって。でも、そこがいい場所ではないことを馬車旅の途中で知ったの」

「ん？　修道院の人が何か言ったの？」

「いいえ。馬の心が聞こえて、泣いてる子供の姿も見えて。だから逃げたわ。夜の森にはいろんな動物がいて、五歳の子供なんてご馳走じゃない？　獣に襲われないように必死に不味いものを思い浮かべたわ。緑の野菜、さんざん飲まされた苦くて渋い薬湯とか」

「それ、効果があったんだね？」

「どうかしら。たまたま空腹な獣がいなかっただけかも」


ドドドド、という雨音は続いている。

オリビアは（森の動物たちは、どうやってこの雨をしのいでいるのだろう、幼く小さい命が濡れて寒さに震えていませんように）と願う。

「小鳥やアナグマの子、キツネの子、ウサギの子も熊の子も、みんな暖かくて乾いていて安心できる巣穴にいてくれるといいんだけど」

「優しいんですね」

「住んでいる場所が安心できないって、すごく苦しいから。そんな家しか知らないときは、生きることがつらいと思ってた。でも、この家に来てからわかったの。生きるのがつらいんじゃない、あの家がつらい場所だったんだって」

「そうか。たった五歳で」

「ええ、たった五歳で」


オリビアが唐突に立ち上がり、台所から何かを持ってきた。

「この前手伝ってもらった鶏むね肉の干し肉、おすそ分けします」

「いいの？　店で出すんじゃないの？」

「出しますけど、今日はもうお客さんは来なさそうだから。これはカチカチになるまで干してないので、それほど日持ちしないの。どうぞ。命を無駄にしないように食べるのを手伝ってください」

「では遠慮なく」

油紙に包まれた干し肉を受け取って、アーサーはリュックに丁寧にしまった。

眠っているはずのロブが「キューン」と情けない声で鳴いた。可愛らしい寝言を聞いて、二人は顔を見合わせて声を出さずに笑う。

「俺、傭兵をやってるときは雨が大嫌いだったんだ」

「そう」

「だけど、この店にいると雨が好きになるよ」

「居心地のいい家の中から眺める雨、私は好きです」

ミントの香りが爽やかで、アーサーは（もっと本気で薬草のことを覚えよう）と思いながらお茶を飲んだ。そして五歳で「家がつらい場所」だと知ったオリビアの子供時代を、胸の痛みと共に思いやった。

19『いい人間！』

大雨の中、常連の商人ボブとサムが入ってきた。本来なら休憩時間だが、オリビアは笑顔で彼らを迎え入れる。

「助かったよ。こんなに降っては馬が可哀想だからさ」

「熱いお茶を淹れますね。馬は屋根の下に？」

「ああ、入れたよ。助かった」

「着替えますか？　祖父の服でよければお貸ししますよ」

「悪い、貸してくれるかい？　今は休憩時間だろ？　時間になったらでいいから、壁に書いてある本日のスープとおかずとパンを」

「はい。承知いたしました」


オリビアはとりあえず熱いお茶を出してから二階に服を取りに向かう。その間、ずっと何かが心に引っかかっている。

（なんだっけ、さっきとても変なことを聞いたような気がする。ええと、なんだったかしら）

答えが見つからないまま二人分の服をタンスから出し、階段を下りる。

ボブとサムが店の隅で着替えている間、台所で料理の準備をした。アーサーはずっと台所のテーブルで『薬草学入門』を読んでいる。

スープの鍋をかき回しながら、心に引っかかることがアーサーの言葉だった気がして、アーサーを振り返って眺める。

アーサーは視線に気がついて（ん？）と目を大きく開いた。その瞬間、オリビアは気がかりの原因を思い出した。急いでアーサーに近寄り、小さな声で話しかける。

「アーサーさん、さっき『頭の中に犬や猟師がいきなり浮かんだ』って言いましたよね？」

「うん。君が狼に話しかけているとき、急に頭の中に興奮して吠えている猟犬と、猟銃を持った猟師の姿が浮かんだ。あれ、君が送ったイメージなんでしょ？」

「そうですけど、私、動物とはそういうやり取りができますけど、人間に対してはできたことがないの」

言われたことが理解できず、アーサーは困惑した顔でオリビアを見上げている。オリビアはアーサーの顔をじっと見ていたが、店のほうから声がかけられた。

「おーい、オリビアさん、着替えが終わったよ。やぁ助かった。お茶のお代わりをもらえるかい？」

「はい、ただいま」

そこで話は途切れたままになった。

だが、オリビアは頭の中でずっと考えている。アーサーは確かにオリビアの心の声を聞き取れるのだ。どういうことだろうか。

そこで、ずっと前に言われた金色の鹿の言葉を思い出した。

『人間　人間と　暮らす』

「私は人間が怖いし苦手なの。あなたと一緒にいるほうが楽しい」

『きっと　いる　人間』

「そうかしら。私、普通の人間じゃなくて、だめな子だったから。だから群れに捨てられちゃったの」

『お前　だめ　ちがう　ツガイ　見つかる』

「ふふ。ツガイねえ。見つかるかしら。私が人間のツガイを見つけるのは、とても大変そう」

「オリビアさん、お湯が沸いているけど、大丈夫？」

「あっ」

小声で言われて慌ててヤカンをかまどから下ろし、お茶を淹れてボブたちに運んだ。次は干し肉を細かく裂いていく。オリーブオイルとお酢、塩と蜂蜜（はちみつ）を混ぜた液の中に、刻んだ野菜と裂いた干し肉を浸す。

（ツガイってことはないわよ。秘密を知っても嫌わない人が現れただけよ。ただそれだけ。何をはしゃいでいるのかしら）

そこまで考えてからハッとアーサーを振り返った。

（今のも聞かれた？）と心臓をバクバクさせたが、アーサーは本に没頭していて、何も聞こえなかったようだ。

（よかった。聞かれなかった。そうか、心を知られるって、こんな感じなのね。誰だって心を知られるのは嫌だし気持ち悪いわね。うん、実感したわ）

夕方の五時になったので常連の親子に夕食を出した。


なかなか降りやまなかった雨は、夜の七時頃にようやくやんで、雲の切れ間から星が見えるようになった。商人の親子は急いで帰り支度を始めた。

「長居したね。服は洗って今度持ってくるよ。えんどう豆のスープ、美味しかった」

「ありがとうございました。服は急がなくても大丈夫です。気をつけて」

ドアに「閉店」の札をかけ、店内に戻ると、アーサーに夕食を出した。

「昼と全部同じでは飽きるでしょうから、干し肉とキュウリのマリネを作りました。どうぞ」

「ありがとう。では。んんー、美味しいな。俺、今までは十日間毎食同じ携帯食でも平気だったんです。でも、ここに通っていたらもう、そんな生活には戻れそうにない」

「光栄です。ゆっくり食べてくださいね」

（傭兵仕事には戻らないでほしい）

オリビアは自分が無意識に願いをあふれさせていることに気づかないまま、台所に戻った。

「今日はありがとう。狼三匹を相手にしていたら、無傷では済まなかったはずだ。君は命の恩人です。このことは決して忘れない」

「無事で本当によかったです。アーサーさん、薬草をあまり採取できなかったでしょう？　うちにあるのでよければ持っていってください」

「いや、さすがにそれは。俺、君に世話になってばかりだよ」

「薬草が生えている場所はここの近くです。私はいつでも気軽に採取できます。気になるのでしたら、またいらしてください。食事のお代はちゃんといただきますから。メモがあるなら見せてくださいな」

オリビアは恐縮するアーサーからメモを見せてもらい、「全部あります。ちょっと待っててくださいね」と言って階段を駆け上がった。二階の自室の天井には、たくさんの薬草が吊るして干してある。フックつきの長い棒を使って必要な薬草の束を下ろし、「これと、これと、あ、渡した。

「これも」と取り分ける。

　すぐにそれを持って店に戻り、「はい。干した物ですけど、これで全部揃いましたよ」と手

「どういたしまして。楽しみにお待ちしていますね。帰り道、気をつけて」

「また近いうちに来ます。ありがとう」

　アーサーは二回振り返って笑顔になり、その都度軽く手を挙げる。そして街へと帰っていった。


　その姿を見送りながらオリビアはしみじみする。オリビアの隣に立って一緒に見送りをしていたロブは、口を開けてオリビアを見上げ、『いい人間！　あのオス、いい人間！』と繰り返す。

「ロブったら。でも、そうね。いい人間ね」

　店のドアに鍵をかけ、オリビアは豊かな気持ちで片づけをし、湯を使い、ベッドに入った。その間ずっと心が柔らかく温かかった。


　一方その頃、街に到着したアーサーは、顔が緩むのを必死に抑えていた。

　澄ました顔を保ちながらも、オリビアの『傭兵仕事には戻らないでほしい』という言葉を繰り返し思い出してしまう。

心に直接聞こえてきた声は、普段の冷静な雰囲気のオリビアよりも、ずっと愛らしい感じの口調だった。

「彼女の素は、あんな感じなんだな。いや、聞こえたことは言わないでおこう。知ったらきっと恥ずかしがる」

アーサーは日焼けしたたくましい顔の口元を綻(ほころ)ばせた。

20　ミソサザイ

豪雨の後は快晴が続いている。人々は皆、それぞれの仕事に忙しい。

農家の人々、別荘街の人々、街道を行き来する商人たちが『スープの森』に来てくれて、オリビアも毎日が忙しい。


昼の営業を終えて、（さて、私もお昼ごはんを食べよう）と用意していると、ドアベルがカランと鳴った。誰かしら、と台所から顔を出すと、近所の農家の奥さんがドアを開けて中に入らないで立っていた。

「あら、エラさん。どうしました？」

「ソフィーの咳が止まらなくて、少しだけ熱もあるの。薬をもらえないかしら」

「まあ。咳にもいろいろありますから、私が様子を見にいってもいいでしょうか」

「ええ、もちろんよ。荷馬車で来ているから、一緒に乗ってくれる？」

「はい。では、急いで薬の準備をします。少々お待ちくださいね」

オリビアは二階の自室に駆け上がり、小引き出しがたくさんある戸棚から咳と熱に効き目のある薬草を何種類も選んだ。紙袋にそれらを小分けしてから階段を下り、肩かけカバンに紙袋を詰め込む。

「はい、準備できました。行きましょう」

「ありがとうね、オリビアさん」

エラが荷馬車の手綱（たづな）を取り、オリビアはその隣に座った。荷馬車はヤギたちの敷き藁を運んできて汚れた藁を回収してくれる荷馬車だ。


エラの一家が住んでいる農家は、近所と言っても二キロ先。夜の灯りも見えない距離だ。だが『スープの森』からは一番近いので、近所といえば近所。

この周辺に医者はいない。領都マーローの街にはいるが、農民の収入では診てもらうにも勇気がいる。往診となればなおのこと、診療代が高くなる。

オリビアの祖母は生前、そういう人たちのために薬草の知識を役立てていた。そしてオリビアにもみっちり教えてくれた。


やがてエラの家が見えてきた。

農家の周囲は木の柵で囲まれ、柵の中には母屋、馬小屋、豚小屋、農機具を保管する納屋（なや）が並んでいる。玄関前には家族用の菜園。

エラとオリビアは馬車を降りて早足で母屋に入った。

「こっちよ、オリビアさん」

　案内されて子供部屋に入ると、ベッドに寝ているソフィーが乾いた咳をしていた。ソフィーは確か十二歳だったか、とオリビアは記憶を手繰(たぐ)る。

「こんにちは、ソフィー。咳がつらそうね」

「こんにちはオリビアさん。息が苦しいの」

「うんうん、その咳じゃ苦しいわね。まずは胸を診せてね」

　オリビアはソフィーの寝間着のボタンを外して開いた。カバンから祖母が遺(のこ)してくれた聴診器を取り出す。聴診器は一輪挿(いちりんざ)しのような形の細長い形で木製だ。一輪挿しの台座に当たる部分には穴が空いていて、一輪挿しの底が抜けているような構造。

　口の部分をソフィーの胸に軽く押しつけ、台座の部分に耳を当てる。ゼロゼロした音は聞こえないが、呼吸が荒くて苦しそうだ。額に手を当てると、微熱程度。


「エラさん、咳はいつからですか？」

「十日ほど前かしら」

「ソフィー、咳が始まる前に、風邪をひくようなことが何かあったの？」

「ううん。お父さんと森に行って小鳥を捕まえて、帰ってきただけ。森から帰ってからは、ずっと咳が出るからおうちにいたよ」

　そのとき、オリビアの背後からバサバサと羽ばたく音がした。振り返ると部屋の隅にコートかけのようなポールが置いてあり、太い針金で作られた鳥籠が吊り下げられていた。羽ばたいたのはその中にいる茶色の小鳥だ。

　オリビアはソフィーのボタンをはめずに、毛布を肩までかけた。

「咳止めの湿布をしましょうね。ソフィー、あれはミソサザイ？」

「うん。お父さんが網で捕まえてくれたの。私が飼いたいってお願いしたから」

「ミソサザイは虫を食べるけど、餌はどうしているの？」

「お父さんがゴミ捨て場に湧く虫を捕まえてきてくれるの」

「そう」

　オリビアは、聴診器をしまい、呼吸を楽にする薬草をカバンから取り出す。心配そうな顔でそばに立っているエラに必要な物を指示した。

「バケツにたっぷりのお湯を運んでもらえますか？　手をどうにか入れられるぐらいの温度でお願いします。それと、ソフィーに薬を飲ませたいのでカップに熱湯も。それとスプーンをお願いします」

　すぐにエラが出ていき、オリビアはミソサザイに近寄って小声で話しかけた。

「お前は森にいたのね」

『助けて！　助けて！　怖い！　怖い！』

ミソサザイの感情と記憶が流れ込んできた。網に引っかかって絡(から)まり、逃げられず、絶望しているミソサザイの記憶は、恐怖で染まっていた。

ソフィーの父親が幼虫を細い棒で挟んで籠に差し込んでくる。ミソサザイの目には、ソフィーの父親が恐ろしげな巨人に見えている。

空腹と恐怖。仕方なく最低限の虫を食べているが、ミソサザイは疲れ果てていた。逃げたくて飛びたくて籠の中で暴れ、籠にぶつかるミソサザイ。

『助けて！　助けて！』

ミソサザイの黒くて丸い目が、オリビアをまっすぐに見ている。オリビアは鳥籠に背を向けてソフィーに近寄った。


「ソフィー、もしかしたらだけど、あのミソサザイが咳の原因かもしれないわ。あの子が羽ばたくたびに、細かい羽のかけらや乾いたフンが飛び散るの。それを吸うと具合が悪くなる人がいるのよ」

「そうなの？」

「ええ。それにあの子は森に帰りたがってる。とても悲しいって思っているみたい」

「オリビアさんにはわかるの？」

「なんとなくね。もうかなり弱っているから、このまま籠に閉じ込めておくと、あの子はあまり長くは生きられないと思う」

「そうなの？」

　ソフィーの目に涙が盛り上がる。

「あの子を森に帰してあげられないかしら。どうしても帰したくないなら、あの子をこの部屋から出さないと。咳は止まらないと思う」

「あの子、本当にこのままだと死んじゃう？」

「そうね。そのうち虫を食べなくなって、じっと動かなくなるわ。そうなったら小鳥はあっという間なのよ」

「死んだらいやっ！」

「あの小鳥の寿命は短いの。森にいても寿命は二年か、三年。そんなものなのよ。短い一生を森で自由に飛んで生きたいと願っているはずよ」

「二年か三年？　私、ミソサザイがそんなに寿命が短いって、知らなかった」

「知らない人のほうが多いから」

「ピピーを逃がしてやりたい」

「そうね。もしかしたら咳の原因はミソサザイじゃないかもしれないけれど、まずは疑わしいことから取り除かないと。それにお互いの幸せのために、あの子は逃したほうがいいと思う」

エラがバケツにお湯を運んできて、すぐにカップに熱いお湯も入れて運んできた。オリビアは布をバケツのお湯に浸し、硬く絞ってから刻んだ薬草を布の中に広げ、布を畳んだ。それをソフィーの胸に直接当てる。

「温かいのにスーッとする。それにいい匂い」

「ゆっくり息を吸って。この匂いに咳止めの効果があるの」

ソフィーが深呼吸を繰り返している間に、カップのお湯に刻んだ薬草を入れる。お湯が淡い緑色になるまで、スプーンで薬草を何度も圧(お)し潰した。色と匂いを確かめて、薬草をカップから取り出す。

「胸の湿布が落ちないように押さえながら起き上がれるかしら」

「はい」

ソフィーが両手で胸の湿布を押さえながら起き上がり、オリビアがその口にカップを運び、少しずつ飲ませた。苦くて青臭い薬湯を、ソフィーは文句を言わずに飲み干した。

「エラさん、この湿布、三回は使えるの。冷えてきたらすぐにお湯で温め直して、胸に当ててね。三回使ったら、新しい薬草に取り替えて。たくさん置いていきますから、必ずたっぷり使ってください。もし足りなくなったら、うちに取りに来てください」

「わかったわ。オリビアさん、ありがとう」

「私こそ、いつも藁をありがとうございます。それと、この咳の原因はミソサザイのような気がするの。ソフィーは逃がすことに同意してくれたわ」

「あの小鳥が原因？　ソフィー、いいのかい？」

「うん。お母さん、ピピーは二年か三年しか生きられないんだって。このまま鳥籠に閉じ込めていたら、すぐに死んじゃうかもしれないんだって」

「まあ」

「ピピーを逃がしてあげたい」

「そう。じゃあ、お母さんが逃がすわ」

「ううん、私が逃がす。ちゃんとピピーとお別れをしたいし、ごめんなさいって謝りたいの」


ソフィーは湿布を始めて二十分ほどで咳をしなくなった。そうなると急に元気になり、今からピピーを逃がしたいと言う。エラが籠を持って、三人で外に出た。

家の外に出ると、ミソサザイは籠から出たがって暴れた。ソフィーがしゃがんで籠の中に話しかける。

「ごめんねピピー。あなたが好きだから一緒に暮らしたかったの。捕まえてごめんね。閉じ込めてごめんね。私を許してね」

口をへの字にして目を潤ませながら、ソフィーは鳥籠の扉を開けた。

ミソサザイは勢いよく籠から飛び出し、羽ばたいて空へと舞い上がる。そして森の方向へとまっすぐ飛び去った。

ソフィーはミソサザイが黒い点になり、見えなくなるまで空を見つめていたが、クルリと振り返ってエラに抱きつき、泣き始めた。エラはソフィーの背中を優しく撫でている。


「では私は帰ります」

「お店まで送ります。オリビアさん、薬代を」

「私は医者じゃないから、お金をもらったら罪人になっちゃうわ。近所の子供が苦しそうだから、お見舞いがてらに薬草で湿布をして薬湯を差し入れしただけ。お金はもらえません。エラさん、ソフィーの部屋中をよく水拭きしてください。それをしても咳がぶり返すようなら、薬草を別の物に替えます。また咳が始まったら知らせてください」

「ありがとう。助かりました」

エラは感謝と申し訳なさの入り交じった顔で、深々と頭を下げた。


オリビアは荷馬車で送ってもらいながら、飛び立っていく瞬間のミソサザイを思い出している。ミソサザイの心は喜びではち切れそうだった。

『嬉しい！　嬉しい！　嬉しい！』と野の鳥は心で叫んでいた。

(よかったね。元気でね)

オリビアはミソサザイの無事を祈った。ソフィーの咳は治まるだろう。
（おばあさん、教えてくれたことがまた役に立ったわよ）
オリビアは祖母の顔を思い浮かべて微笑んだ。

21　アーサーの辞職

「失礼ですが、お嬢さん、今なんとおっしゃいました？」

「ですから、アーサーをうちで護衛として雇いたいと言いました」

「その理由を聞いても？」

「アーサーがどんな人物か、フレディさんはご存じ？」

「元傭兵だと聞いています」

「どんな傭兵だったかは？」

「どんな傭兵？　いいえ」

カレンは「呆(あき)れた」と言いながら足を組み直した。手入れの行き届いた美しい爪をじっくり眺めてから、もう一度フレディに視線を戻す。

「アーサーに興味があって、ちょっと調べただけでわかりましたよ。あの人、有名な傭兵だったらしくて、契約金が一か月で小金貨七枚だったんです。格安でこき使われる傭兵の中では一流だったの。そんな優秀な人が薬草の採取や店番なんて、人材の無駄使いだわ。こちらの賃金はおいくら？　いいところ小金貨二枚、ってところかしら」

フレディは親の財力にものを言わせようとしているカレンを無表情に見返していたが、フッと笑った。

「しがない薬草店の私にこの話を持ち込んだところを見ると、アーサー本人には断られたんですね。お嬢さん、世の中には金のために相手の靴を平気で舐める人間もいるでしょう。それはそれでその人の自由だ。だが、アーサーはうちに来てくれた。そして優秀な従業員です。なので私は彼を首にするわけにはいきません」

「私に逆らうと、お客が来なくなるかもしれないわよ？」

「ほぅ？　別荘族のあなたが、この街の人間を脅すおつもりですか」

「こんな小さな田舎町の人間、お金でどうにでもなるわ。みんなお金が大好きだもの」


店のドアが勢いよく開き、アーサーが用事から帰ってきた。そしてカレンとフレディの様子をひと目見るなり低い声でカレンに話しかけた。

「あんた、ここで何をしているんだ」

「あら。お帰りなさい。今ね、あなたを引き抜きたいって店長さんにお願いしているところよ」

「その話はもう断った。フレディさんに迷惑をかけるのはやめてくれ」

「よく考えてみて。うちの護衛になればここの賃金の五倍は手に入るのよ？　子供だってわかる話なのに、どうして断るの？」

「その五倍の賃金の中には、あんたの相手をする仕事も入っているんだろう？　どうやら俺のことを何もわかってないようだ」

アーサーはツカツカとカレンに歩み寄り、椅子に座っているカレンを上から見下ろした。全身から殺気が放たれていて、カレンは圧倒されたが顔には出さないでアーサーを見上げた。

「お前たちの考えることなんていつも同じだ。俺がここにいる限り金の力で店に嫌がらせを続けるつもりだろう？　俺がフレディさんに申し訳なくなってお前の言うことを聞くのを待つ腹だ。お前にとってのはした金でフレディさんが苦しもうが関係ないんだろうさ。だが残念だったな。たった今、俺はこの店を辞める」

「アーサー、そんなことはしなくていいんだよ」

「いいえ、フレディさん、引き抜きなら何度も経験しました。この手の人間はみんな、金で動かない相手がいると、ちっぽけなプライドがとても傷つくらしいですよ。そして蛇みたいに執念深いんです。だから俺が辞めます。お世話になりました」

「待ってよ！　アーサー」


アーサーは二階の自室に上がり、リュックひとつを持って下りてくるとフレディにぺこりと頭を下げた。

「短期間でここを辞めるのは残念です。俺のせいでまた求人が必要になることも、申し訳ありません」

「アーサー、待ちなさい」

「じゃ。失礼します」

カレンの存在を完璧に無視してアーサーは店を出ていった。

「ああっ！　もうっ！」

「なるほど。あなたのおかげで早速私は痛手を被りましたな。では、私は仕事に戻らせていただきます」

怒りで目を吊り上げているカレンに声をかけると、フレディは掃除をする必要もないくらい清潔な店内の掃除を始めた。カレンは立ち上がり、無言でドアを乱暴に開けて店を出ていく。その後姿を見送りながらフレディはつぶやいた。

「古くて小さい田舎町の人間を舐めると、痛い目に遭いますよ、お嬢さん」

フレディは店のドアに「臨時休業」の札を下げると、どこかへと出かけていった。


一方アーサーは店を出て『スープの森』へと向かって歩いている。お別れを言ってからマーローを出ようと考えていた。

（カレンは俺があの店とオリビアを気に入っていることに、おそらく気づいている。どこに勤めようとマーローの街に俺がいる限り、同じことを繰り返すだろう。『スープの森』にだって何かするのは目に見えている）

アーサーは金銭に不自由している人間が世の中には山ほどいることを知っている。自分もかつてはそうだった。そんな人間を金で自由に動かす側の人間がいることも知っている。そちら側の人間は、金のない人間を動かすにはどうしたらいいか、実によくコツをつかんでいる。

十キロの道のりを歩いているうちに、子供時代のことを思い出した。お金がないばかりに父と母は起きている間中働いていた。父と母はいつも疲れていて、アーサーも妹もろくに相手をしてもらった覚えがない。そんなに働いていても、粗末な食事を家族四人で分け合って食べるのが精いっぱいの暮らしだった。

ひどい咳を引き起こす、たちの悪い風邪が流行(はや)った冬、アーサーの家族は全員あっさりとこの世を旅立った。日雇いの仕事をしていたアーサーも、あちこちで長引く流感のおかげで仕事がなくなった。

そしてアーサーは、生きるために十四歳で傭兵になったのだ。

『スープの森』では、オリビアが残った野菜くずや肉の脂身を刻んでいた。

野菜くずはヤギが喜ぶし、火を通した後で残った脂身は野鳥のご馳走だ。そのまま脂身を置いておくと中型の野鳥が一回で持ち去ってしまうので、木の実や草の実にゆるく溶かした脂をまぶして置いておく。この季節は食べ物が豊富だが、オリビアはたくさん残る脂身を無駄にしたくない。

　ちょこまかと庭に入ってきたのはハリネズミ。今日は母親一匹だけ。子ハリネズミは早々と独り立ちしたらしい。ワクワクした感情があちこちから漂ってくるので森のほうを振り返る。どうやら子ハリネズミたちのようだ。親離れした子ハリネズミたちは、母ハリネズミが食事を終えるのを待つつもりらしい。

　ハリネズミは子育て期間以外は単独で生きる。親離れした子供たちは親から距離を取り、縄張りを侵さない。力関係では上下ができる。母親はもう、食べ物を子ハリネズミたちに譲りはしない。自分が生き残ってまた子を産むことを優先するのだ。

「わかりやすくて潔(いさぎよ)いわよねえ」

　独り言を言って眺めていると、重苦しい感情が近づいてくるのを感じた。（どこ？）と辺りを見渡すと、街道の向こうからアーサーが歩いてくるのが見えた。

22　とくとご覧あれ

今もその話をいつ切り出したらいいのか、考えている。会ってすぐ言うべきか、去り際に言うべきか。

「こんにちは、アーサーさん。さあ、お店にどうぞ。今日は新しいお茶があるんですよ」

庭に出ていたオリビアに屈託のない笑顔で迎えられ、アーサーは店に入った。「この街を出る」といつ言うべきか、悩みながら歩いてきた。

「こんにちは、オリビアさん」

「まだ青い柑橘の実の皮を薄く削いで、茶葉に混ぜてみたんです。お店では出していないので、アーサーさんが最初の味見係ですよ」

「楽しみです」

（あれ。オリビアさん、また少し空元気を出している）と感じてからハッとした。

オリビアは動物や人間の感情がわかる人だ。「人間の感情はそう簡単にはわからない」と言っていたが場合によってはわかる、と言ってなかったか。

（今の俺は町を出ることで頭がいっぱいで、まさにわかる状態じゃないか？）

視線をオリビアに向けると、オリビアはアーサーに背を向けてお茶を淹れている。

「あの、オリビアさん」

「街を出るんですか？　このまま？」

背中を向けたまま明るい声でオリビアが質問する。

（声が明るすぎる。つい最近、恋人と別れたばかりの彼女に、俺は「代わりでいいから一緒に月を見よう」なんて言ったのに。その舌の根も乾かないうちにこの街を出るなんて言ったら、がっかりされるか）


オリビアがお茶のカップを二つ、静かにテーブルに置いた。テーブルがほんのわずかガタついて、アーサーは（ガタつきを直したい）と思う。今はそれどころじゃないのはわかっているのに。

オリビアは静かに椅子に腰を下ろして、まっすぐにアーサーを見た。

「アーサーさんがこの街を出ようとしていることはわかりました。遠くからでも感じられましたから。細かい経緯を聞いてもいいですか？　話したくないなら聞きませんし、そんな細かいことまでは私の力ではわかりませんから、安心してください。強い感情が流れ込んできてしまうのは仕方ないけれど、私が勝手にアーサーさんの心を覗くような失礼なことはしませんし、できません」

そこまでを一気に言葉にしたオリビアは、もう普段通りの、いや、知り合ったばかりの頃の顔だった。困っている人には親切に手を貸すが、他人とは一線を引いている顔。

「踏み込んでくれるな。その代わり自分も踏み込まない」という顔だ。


(ここできちんと説明するのが一番彼女を傷つけない。たぶん、そうだ)

「しばらく前、カレンに街で声をかけられました。彼女の家の護衛にならないかと。その場で断ったんだけど、カレンはフレディさんに圧力をかけに店まで来ました。あの手の人間は、下に見ている人間の反抗を許さない。きっとフレディさんの店が立ち行かなくなるまで嫌がらせをするだろうと思います」

「そうなんですか」

「俺がマーローの街にいればそれが続くでしょう。俺が音を上げるまでやるのが彼らの流儀です。それに、カレンは君のことを気にしていた。つまり、その、俺が君とこの店を大切に思っていることに気づいているんです」

「……」

(大切にしてくれているんですね。こんな私を)

オリビアは何も言わずにお茶を飲んで、アーサーの言葉を心で繰り返す。

「もっと楽しいときに俺の気持ちを伝えたかった。君はこの店をとても大切にしているし、俺もこの店を大切に思っています。この店をカレンの手下に荒らされることを想像しただけで、耐えがたい。だけど、ずっとそばにいて店や君を守るわけにいかないから。俺が街を出ることにしました」

「フレディさんはなんて？」

「フレディさん？　いや、俺の引き抜きは断ってくれたようですけど、俺、その場で店を辞めて出てきたから、このことであまり話はしていません」

オリビアが身振りでお茶を勧めるので、アーサーもコクリとお茶を飲んだ。

「いい香りです。爽やかで」

「アーサーさん、マーローの街は、住民の顔ぶれがほとんど変わらない古い街です。ここ七、八年は別荘の人たちが次第に増えましたけど、あの人たちだってしばらく滞在するだけ。そんなに長く留まるわけじゃありません」

「だけどカレンは働いているわけじゃないから。いつまでいるか」

オリビアは慈母のような笑顔でアーサーを見る。アーサーはなんだか（うんうん、腹が立ったわね、可哀想に）と子供扱いされているような気分になった。最悪を想定するべきなのに、なぜこの人はこんなにのんびりしているのか。

「別荘地って、土地は借り物なんです。元は広大な牧草地帯だったあの場所を、地主さんたちが別荘地として貸し出しているんですよ。当時、街の人はずいぶん心配しました。お金持ちがやってきて、好き勝手をするんじゃないかって」

まさにその「好き勝手」をされたアーサーは、黙って話の続きを待った。

「慌てずに様子を見ていてくれませんか。ヤギ小屋の上でよければ何日でも使ってください。そしてマーローの流儀をとくとご覧あれ」

「あなたがそう言うのなら」

「それと、アーサーさん、ひとつ誤解があるようなので訂正します。ここからいなくなった大切な友人というのは、鹿です。ウィリアムさんに姿を見られたから、鹿は他の土地に移りました」

「鹿？」

「鹿。美しい毛皮の大柄なオスの鹿です」

平静を装う(よそお)アーサーの耳がたちまち赤くなっていく。

「俺、てっきり」

「私の話し方がいけなかったんです。祖父母が旅立った後、本音を言える相手はその鹿だけだったものだから。私ったら、つい人間のことを話すような口調で説明していたんだわ。誤解させてごめんなさい」

「それは、なんというか。俺、とんでもなく間抜けでしたね」

「いいえ。嬉しかった。今度、満月を一緒に見てください。夏の野の花も」

「それは喜んで」

反射的にそう答えたものの疑問が残る。

「ですが、本当に何もしなくていいんですか？　俺がこの辺りにいる限り、ごろつきを雇ってこの店に送り込むかもしれない。俺がいるときなら俺が叩きのめせばいいですが、そうじゃなかったら……」

「ごろつきがいたとしても、別荘の人間に指示されて私やフレディさんに何かすることはないんです。そんなことをすれば、カレンさんの一家はここを追い出されることになります。そうなったらごろつきはお金をくれる人を失って、ついでに自分たちの居場所も失うことになるわ」

「追い出されるって、誰にです？」

「あの土地を貸している人、あ、いいえ、直接追い出すのは別の人かしら」

この街には警備隊もなかったはず。自警団があるのだろうか、いや、そんな存在を見たことがないな、とアーサーは怪訝（けげん）な顔になった。

23　ルイーズ・アルシェ

薬草店の店主フレディは、領都マーローの外れにある大きなお屋敷を訪問している。その家の主に是非とも伝えたいことがあるのだ。

「フレディ、どうしました？」
「ルイーズ様、別荘の住人のことでお話がございます」
「聞きましょう」

豊かな白髪をふっくらとひとつにまとめ、シミのない白い肌。青い瞳は活力に満ち、活発な知性を感じさせる。

ルイーズ・アルシェは七十五歳。先代国王の妹だ。隣国アルシェ王国の第三王子に嫁ぎ、公爵夫人となった。九歳年上の夫が老いて病気で亡くなった後、息子に公爵家を任せ全てのしがらみを捨てた。「一時帰国」と言いつつ、もう長いことマーローの街に住んでいる。

帰国後、ルイーズはマーレイ領に屋敷を建てて住んでいる。別荘街の土地の七割はルイーズの名義で、彼女の前の土地所有者は、王家だ。彼女が亡くなったら、その土地は再び王家に戻す約束である。

　そのルイーズが五十五歳のフレディに向かって
「フレディ、薬草店の店主なのに、ちょっとくたびれているわね。お酒の飲みすぎではなくて？」

　と苦言を呈する。

「そんなに飲んでおりませんよ、ルイーズ様。私は年相応です。ルイーズ様がお若いのです」

「で、別荘の人たちがどうしたの？」

　フレディはオリビアとアーサーがウィリアムを森で助けたところから説明した。ウィリアムの妹がアーサーを気に入ったこと。アーサーを護衛として引き抜こうとしたが断られ、薬草店に対しての嫌がらせを匂わせたこと。

　アーサーはフレディの店を守るために辞職して出ていったこと。

「そう。あれほど土地を貸す相手には念を押すように言っておいたのに。領主のヘイリーは今回のことをまだ知らないのでしょう？　知らせてやらなければね」

「それと、これは私の憶測でしかありませんが、どうやらあのオリビアが、そのアーサーに心を開いたような気がするんです。オリビアがジェンキンズ夫妻以外に心を開いたのは、おそらく初めてのことかと」

ルイーズの顔に切ない表情が現れてまた消えた。

「あのオリビアが。私はジェンキンズとマーガレットの夫婦に、言葉では言い表せないぐらい世話になっていますからね。あの二人が全力で愛したオリビアを、今度は私が陰ながら守ってやりたいと思っているの。フレディ、教えてくれてありがとう。ええと、その一家はなんていう名前だったかしら？　歳を取るとすぐに忘れてしまうのよ」

「ヒューズ家です、ルイーズ様」

「ヒューズね。わかったわ。ではさっそく先触れを出してヘイリーの屋敷に向かわなくては。あっそうそう、そのアーサーという男性は今どこに？」

「おそらくオリビアの店です。きっとそうだと思いますよ。ではルイーズ様、よろしくお願いいたします」

ルイーズはフレディが帰るとすぐに執事を呼び、「領主のヘイリーに時間を作るよう伝えて」と命じた。

※・・・※・・・※

マーレイ領の領主ヘイリー・マーレイは、ルイーズ・アルシェからの先触れを受けてから、ずっと落ち着かない。

おそらく別荘街に関することだとは想像がつくが、「さて、別荘に来ている連中が何をしでかしたやら」

と執務机で気を揉んでいる。


ルイーズはきっかり指定してきた時刻にやってきた。

「久しぶりね、ヘイリー。ちょっと知らせたいことがあるの」

「ルイーズ様、お久しぶりでございます。いつも変わらずお美しくお元気そうで、何よりでございます」

「お世辞は結構。自分がしわくちゃのお婆さんなことぐらい、我が家にも鏡があるんだからわかっていますよ。それよりヘイリー、別荘街のヒューズ家のこと、あなたはどのくらい知っているの？」

「ヒューズ家、でございますね。雑貨・家具などの販売で利益を上げて、別荘街の通りの一番奥に一番大きな屋敷を建てております。ルイーズ様、ヒューズ家が何か……」

「あら、そう。一番奥に一番大きな家、ね」

ルイーズはそこでヒューズ家の娘カレンが、フレディ薬草店に何をしたか、正確に伝えた。

「山で動けなくなった兄を助けてくれた命の恩人なのに、引き抜きに応じないからって勤め先に圧力をかけるなんて。恩知らずにも程がありますよ。フレディ薬草店は医者に頼れない者には貴重な存在です。それをこともあろうにお金の力で営業の邪魔をしようとするなんて」

「ええ。はい。おっしゃる通りでございますね」

「土地の貸し出しの際に、ちゃんと『地元の人間の不利益になる行為は慎む』と念を入れてあるのでしょうね？」

「もちろんでございますよ、ルイーズ様。契約書にも盛り込んでございます」

「なら結構。契約違反ね」

「しかしまだ言葉で匂わせただけで、そういった行為を働いていないわけですので、微妙なところかと」

ルイーズはそこで、器用に右の眉だけをキュッと持ち上げた。

「被害が出るまでは動けないと言うのね？」

「いえ、そういうわけでは」

「そういうことでしょう？　まあ、あなたの立場では被害が出る前に動くことは難しいかもしれないわね。別荘の人間は領地にお金を落としていることでしょうし」

「お察しいただき、まことに……」

「ですけどね、気をつけてくれないと困るわ」

「はっ。肝に銘じます。別荘街の住人にも必ず周知いたします。それで、ルイーズ様はどのようなお考えかお聞きしても？」

「さあ。どうしようかしらね。これが初回のようだから、相手の出方によっては見逃してやってもいいけれど。ヒューズ家とあなたの間で結んだ契約書を出しなさい」

「はい。少々お待ちを。契約書は、ええと、これでございます。お待たせいたしました、ルイーズ様」

「結構。数日だけ預かります」

ルイーズはそこまで言うと、さっさと立ち上がって領主の屋敷を後にした。行き先は『スープの森』である。

※・・・※・・・※

「ルイーズ様！　お久しぶりでございます。お元気そうで何よりです」

「オリビア、この前来たのは二か月前だったかしら。ごめんなさいね、たまにしか顔を出せなくて。ここに来るのは、年寄りには勇気がいるのよ。いい思い出がありすぎて」

「そんな。そうおっしゃっていただくだけでありがたいです。祖父母が喜びます」

ルイーズとオリビアは抱き合って互いの両頬（りょうほほ）を軽く触れ合わせた。ルイーズからは親愛、懐（なつ）

かしさ、労りなどの柔らかな感情が流れ込んでくる。

「フレディから聞いたわ。引き抜かれそうになった人が今どこにいるか、あなたわかる？」

「その人でしたら台所に。今呼びますね。アーサーさん、こちらにどうぞ」


のっそりと出てきたアーサーを見て、ルイーズは（大きくて大人しい犬みたいね）と思う。

「フレディに聞いたけれど、あなたは元傭兵だったそうね。月の契約金は、いくらでした？」

「小金貨七枚でした」

「それは……大型犬はたいそう有能な傭兵だったわけね」

「大型犬というのは？」

「いえ、こちらのことよ。気にしないで。それでひとつ尋ねたいのだけれど、あなたはオリビアと縁が切れるのを覚悟の上でマーローを出ようとしたのかしら？」

「いえ」

それだけ言ってアーサーが気まずそうに口を閉じた。

「オリビアと縁を切るつもりはなかったのね？」

「はい。ああいう人たちはそのうち新しいおもちゃが見つかれば、俺のことは忘れるでしょうから。それまでは、と思っていました」

「そう。でも、考えが若いわね。あなたがほとぼりを冷ましている間に、オリビアを取られちゃうかもしれないとは、一度も思わなかったの？　それに、その腕前で相手を斬り捨てようとは？」

アーサーは何かを言いかけて口を閉じた。オリビアは自分抜きで語られる自分の話にオロオロしている。

ルイーズがじっとアーサーの答えを待っているのを察して、アーサーが重い口を開いた。

「俺は仕事で数えきれないほど人の命を奪ってきました。それがある朝、『もう無理だ』と思ったのです。なので、たとえ相手が自分勝手な恩知らずだったとしても、斬るつもりはありませんでした。臆病者と思われても、もう誰かの命を奪いたくない、奪ってはいけないと思っています」

「ふむ。それで？」

「オリビアさんにはこの店が必要です。オリビアさんを連れていくわけにはいかないと思いました。だから、俺はカレンの気が変わるまでマーローを離れ、オリビアさんにはここで待っていてほしいと伝えるつもりでした」

オリビアの心にアーサーの絶望が感じられた。ある朝アーサーが感じたという絶望だろうか。何に対して絶望したのか、オリビアにははっきりとはわからない。だが、（おそらくアーサーさんは傭兵を続けるには心が優しすぎたのだ）と思った。

ルイーズがパン！　とひとつ手を叩いた。

「わかりました。私が話をつけてきます。オリビア、あなたを育てたマーガレットには、私は一生かけても返せないほど恩があるの。マーガレットがいてくれたから、私は無事に結婚も出産もできたようなもの。そんな彼女が愛した街だから、私もここで暮らしているのよ。マーガレットがいなくなった今、こういうときは私の出番です」

「ルイーズ様」

「オリビア。私がカタをつけますよ、安心しなさい。あなたが悲しむようなことには絶対にならないわ。それとアーサー」

「はい」

「ここにいなさい。私の帰りを待っているように」

「はい」

「よろしい。では行ってくるわね」

ルイーズは背筋の伸びた美しい姿勢で店を出て、馬車に乗った。

24　ルイーズとバイロン

「ようこそいらっしゃいました、ルイーズ様。私はこの別荘の主のバイロン・ヒューズでございます」

「ルイーズ・アルシェです」

　ヒューズ家の豪華な応接室で二人は向かい合っている。バイロンはルイーズの発する威圧感に圧倒されていた。

「先触れもなく悪かったわ。取り急ぎあなたに確認したいことがあったものだから」

「先触れなど不要でございます、ルイーズ様。確認したいこと、でございますか？」

「あなたの娘、カレンのことです」


　カレンと聞いた途端、バイロンの胃がギュッと縮む。

　可愛がって育てた結果、世界は自分を中心に回っていると思うようになった娘。好きな男と結婚させろと大騒ぎして顔だけの男と結婚し、相手に飽きて離婚した娘。愚かだが愛しい娘。

　カレンはいったい何をやらかしたのかと手のひらがじっとり汗ばんだ。

「あなたの息子を森で助けたアーサーを護衛として雇おうとしたらしいの。でも断られたのよ。

カレンは諦めきれずにアーサーの勤め先で『私に逆らうと、お客が来なくなるかもしれないわよ？』と言い放ったそうよ」

「そ、そんなことを」

（あり得る、カレンならいかにも言いそうなセリフだ。あの子にここのルールをきちんと言い聞かせなかった自分の落ち度だ。だが、ここはどう出るべきか。この女性の言いなりになれば、我が家は大損をするのではないか）

ルイーズは、さりげなく契約書の該当ページを開いてテーブルに置いた。動揺するバイロンの様子を見ながら、次に打つべき一手を考えている。

生まれてからずっと心理戦をしているような人生だったルイーズには、商売で苦労して財産を手に入れてきたバイロンの心の内が手に取るように読める。

「明らかな契約違反よね？　実損があるかないかは問題ではないわ。この項目がお飾りではないこと、ヘイリーは繰り返し念を押したはずですよ？　ああ、安心してちょうだい。契約書をないがしろにしたのだから今すぐここから出ていけ、なんて乱暴なことを言うつもりはありません」

「ご配慮、ありがたく……」

「ですが、目をつぶるつもりもありません。この土地は今現在私の名義だけれど、元は王家の土地。私が神に召されれば再び王家の土地となるのです。私名義のときに『だから別荘街の建設に反対したのに』と王家に不満が向けられるわけにはいかないの」

ルイーズは『王家』という言葉を絶妙な強さで発音した。『王家』という言葉は、財を手にした人間には絶大な効果がある。歴史と王家は金銭では買えない最たるものだからだ。

そして上昇志向が強く世知に長けているバイロンのようなタイプは、王家の不興を買うようなことは絶対にしない。この国で王家に睨まれたらどんな結果を招くか、十分知っているはずだ。

案の定、バイロンの額にはじわり、と汗が滲み始めた。

「我が娘の不始末、どうかお許しいただけないでしょうか。カレンをここに出入りさせるなとおっしゃるのなら、本日中に王都に送り帰し、この先は二度とマーレイ領に足を踏み入れないよう、きつく申しつけます。ですので、どうか、どうか、お許しを」

「バイロンさん、私、その場限りの口約束がどれほど儚いか、どれほど当てにならないか、思い知る人生でした。あなたの言葉を聞いて『はいそうですか』と帰るわけにはいかないわ」

楽しい会話をしているかのように、にこやかな顔のルイーズの言葉を聞いて、バイロンはすぐに理解した。この上品な外見の老婦人は「誓約書を書け、お前の娘がまたこの領地の住民に迷惑をかけたら、お前は何を差し出して償うつもりだ」と笑顔で詰め寄っているのだ。

「ルイーズ様、誓約書を書きます。カレンが再びご迷惑をかけたときには、この家を差し出しましょう。どうかそれでお許しいただけないでしょうか」

「この家、ねえ」

ルイーズは興味のなさそうな顔でぐるりと部屋を見回した。

普通の平民であれば圧倒されるであろう贅を尽くした部屋も、ルイーズから見れば金に飽かせて買い集めた高級品が多すぎる暑苦しい部屋だ。

バイロンは素早く計算する。この別荘をさっさと売り飛ばしてしまえば損は最小で済む。別荘ならこの家を売った金で、他の場所に新しく建て直せばいいのだ。

「ですけどね、この別荘をあなたが売却した後でカレンが舞い戻っては困るわね」

「うっ」

「あなたの娘が使ったような手は、むしろ貴族が得意なのをご存じ？　じわじわと相手を追い詰めるのは、何百年も貴族が使ってきた手段ですよ。そんな手段をヒューズ家の商いの本拠地でやられたら困るでしょう？」

「どうか、それはっ」

「私だってそんな面倒なことをしたくはないわ。ではこうしましょう。再びカレンがこの領地に戻って住民に迷惑をかけたら、事の次第を王家に報告します。それだけ。どう？　誰も損をしないわ。カレンさえ大人しく聞き入れればね」

「承知いたしましたっ！」

しばらく後、満足したルイーズを乗せた馬車は、再び『スープの森』へと向かっている。手に入れた誓約書を眺めながら、ルイーズはご機嫌だ。二十年ぶりに自分がオリビアの役に立ったことに満足している。

「報告がてら、今夜はオリビアの手料理を食べようかしら。マーガレット直伝の味を楽しめるといいけれど」

※・・・※・・・※

しょんぼりしているアーサーと普段通りのオリビアが二人並んで歩いている。

「ただ逃げ出すだけの不甲斐（ふがい）ない俺に、さぞかしがっかりしましたよね」

「いいえ。どうしてがっかりするんですか。牙をむいて戦うのは最後の最後にするべきでしょう？　アーサーさんはとても賢い選択をしたと思っています」

二人は今、店の昼休憩を利用して森を散策している。歩きながら目ざとく薬草を見つけては籠に入れるオリビア。籠の中にはすでに何種類もの薬草が入っている。

「私、アーサーさんが思慮深い人でよかったなと思っているのに」

「そうですか」

ルイーズがアーサーを「大型犬」とうっかり口に出したのを聞いてから、オリビアはアーサーが気立てのいい大型犬に見えて仕方がない。さっきまでしおしおと下がっていた尻尾が、今は持ち上がってぶんぶんと横に振られているのを想像して笑ってしまいそうになる。


「さて、そろそろルイーズ様が戻っていらっしゃるような気がします。店に帰りましょう。今夜は三人で一緒に夕食を食べましょうか」

「オリビアさん、ルイーズ様っていったい」

「前の国王陛下の妹君で、アルシェ王国の第三王子に嫁がれた方よ。公爵家を息子さんに譲って、今はのんびりこの国で暮らしていらっしゃるの」

「国王陛下の妹君？　王女様だったってこと？　なんでそんなすごい人が知り合いなんですか！」

「私を育ててくれた祖母が、ルイーズ様の健康管理をしていたの。薬草に詳しいのと、病気の診断に関しては一流だったそうよ。祖母の母も祖父も、王家かかりつけの薬師(くすし)だったそうです」

しばらく言葉が出なかったアーサーは、やがて呆れたように笑い出した。

「オリビアさんは、謎の引き出しが多すぎますよ」

「引き出しは二つだけですよ。動物とおしゃべりできることと、薬草に詳しい。それだけ」

「それとスープが上手っていう引き出しもある」

そこまで言って、アーサーはオリビアの心が漏れていることに気がついた。

オリビアの心の中の自分はなぜか、頭に三角の耳がピンと立っていて、尻にはふさふさした尻尾も生えている。

(狼？　いや違う、これは犬だな。俺、オリビアさんには犬に見えているのか？)

伺い見るオリビアの横顔は楽しそうだ。だからアーサーは（まあ、いいけど）と疑問を飲み込んだ。


オリビアの予想通りルイーズが戻ってきて、三人での夕食となった。

アーサーは王族と同じテーブルに着くことを辞退したが、ルイーズの「いいから、お座り」のひと言で大人しく着席した。

「お座り」の言葉と同時にまた耳と尻尾の生えた自分のイメージが流れ込んでくる。

(いや、それはどうなんだろう）とアーサーは困惑する。

「ルイーズ様、今夜はニンジンのポタージュとクルミ入りの青菜のサラダ、ハムとチーズの盛り合わせです」

「懐かしい。このスープはマーガレットのお得意だったわね」

「はい」

美味しそうに食事を始めたルイーズが、途中で話を始めた。

「おそらくあの一家はさっさと別荘を売り払ってマーレイ領から出ていくわ」

「別荘を売り払う、ですか？　そこまで？」

「ええ。我が子の出来に自信がない以上、あの父親はそうするでしょうね。とにかく損をしたくない人ですもの。賭けてもいいくらいよ」

「そうなのですね。さすがです、ルイーズ様」

ルイーズは「ああ、美味しかったわ。また来るわね」と言って食事を終えると早々に帰っていった。


残されたオリビアとアーサーは今、食後のお茶を飲んでいる。沈黙が続いているが、オリビアもアーサーも心は穏やかに凪（な）いでいた。

25　収穫時期の客

「今日はお客さんが少なかったですね。もう店を閉めましょうか」という時間になって、旅の商人らしい男性五人が店に入ってきた。

日焼けした男たちはたくさん食べ、大きな声でおしゃべりをし、料金を払って店を出ていった。


彼らの使った食器を片づけているオリビアに、アーサーが話しかけた。

「今日も美味しかったです。ニンジンのポタージュが濃厚で甘くて、でもニンジンの香りの他に何かいい香りがしました」

「クミンを使っているから。ニンジンの独特の香りに合うの。祖母が、教えてくれたわ」

「料理に関しても達人なんですね」

「あの、アーサーさん？　私に丁寧な話し方をするのは、なぜ？」

「女の人には丁寧に話しかけるべきかと思って。ほら、俺、身体が大きいですから。気をつけないと怖がられるんですよ。オリビアさんが気になるなら、今後は気楽なしゃべり方でもいいかな」

「もちろん。なんだか距離を置かれているようで、少し残念でした。常連のお客さんたちは、みんな気軽な口調だし」

アーサーは「距離を置かれているようで残念」と聞いて胸が躍ったが、「常連の客たちと同じように接してほしい」という意味なのを知ってがっかりする。そして（落ち着け、俺）と苦笑する。


食器を洗うのは後回しにして、オリビアは台所の椅子に座り、お茶のカップを手に取った。

「俺からも、ひとつ質問してもいいかな」

「ええ、どうぞ」

「俺って、犬に似ているの？」

「ごふっ」

不穏な音はお茶が気管に入ってむせた音。

ゴッホゴッホゲホゲホと盛大にむせたオリビアに驚いたアーサーは、素早く立ち上がって彼女の背中をさすった。

「悪かった。タイミングを見ないで変なこと言ったね」

「むせた、とき、ゴホッ、は、ゴホッゴホゴホ、深呼吸して、ゴッホゴッホ、背中をさすってもらうのよと祖母が言っていたけど、一人だとそれは無理よね。ありがとう、アーサーさん。

治まったみたい。はぁぁぁ」

顔を真っ赤にして呼吸を整えているオリビアから離れ、アーサーは自分の席に座った。

「私が思い浮かべたことが、また見えたんですね」

「うん、犬の耳と尻尾を生やした俺が見えた。森を歩いているときと、『いいからお座り』ってルイーズ様に言われたときの二回」

「ごめんなさい。ルイーズ様が大型犬とおっしゃったのを聞いてしまったら、なんだかもう、そう見えるようになってしまって。失礼しました！」

アーサーが少年のような笑顔になった。

「不愉快ではないから気にしないで。おばあさんの話を聞かせてくれる？　王家と関わっていた人なんて今まで出会ったことがないし、三代も続けてそんな要職にいたなんて。すごい家なんだね」

「そうね。あの、アーサーさん、今夜はどうしますか？　できれば泊まっていってもらえませんか？」

「うん、フレディさんが店を出る時間はもう過ぎてしまったんだ。だからそうさせてもらえると嬉しいけど。薬草店には明日行って、また雇ってもらえないか聞いてみるつもりだ」

オリビアは「そうしてください」と言って立ち上がり、ミントのお茶を淹れることにした。

「今日はお客さんが少なかったね。珍しいんじゃない？」

「この時期は毎年そうなの。小麦の収穫時期だから。みんな家でお祝いをするのよ」

「ああ、小麦の……。どんなお祝いをするんだろう」

「ガチョウや子豚の丸焼きとか、小麦のおかゆとか、野菜のグリルとか。おうちでご馳走を作るから、外に食べに出ることが減るの」

「そうなのか。マーレイ領の風習なの？」

「ええ。秋から大切に育ててきた小麦が実ったときくらい、ご馳走を食べて身体を労りなさいって、昔のマーレイの領主様が決めたそうよ」

オリビアが何度も窓の外を見る。少しソワソワしている彼女の様子に、アーサーは気がついた。

「オリビアさん？　どうしたの。落ち着かないね」

「ええと、驚かないで聞いてくれる？　さっき来た旅の商人たちが、『なんだ、男がいたのか』とか『あの客は店が閉まればいなくなるだろう』とか『この場所なら女が騒いでも誰にも聞こえない』って考えていたの。罪悪感もなくて感情がむき出しだったからよく聞こえてしまって」

ガタッと音を立ててアーサーが立ち上がった。オリビアは目を見張る。

温厚な大型犬みたいだったアーサーの全身からユラユラと黒い炎のような殺気や怒りが放たれているのだ。こんなものを見るのは二度目。熊のオス同士がメスを争って命がけの戦いをしているときに見て以来だ。


「あいつらは今、その辺にいるんだろうか」

「いいえ。さっきから探っているけど、いったん離れたみたい。おそらく店の灯りが消えてから襲うつもりなんだと思う。だからそろそろ森に逃げようかと思ってる」

「君が冷静で驚いているんだが。こんなこと、今までにもあったのか？」

「私がここに来てからはこれで三回目かしら。独り暮らしになってからは初めて。祖父が若いときは剣で戦ってくれていたの。祖父は元護衛騎士だったから」

「そうか。では今回は俺が出迎えるよ」

「でも、相手は五人よ？」

「あいつらが入ってきたとき、なんとなく見ていた。あの身のこなしなら俺が勝つよ。君が人質にならないよう、隠れていてくれれば大丈夫だ」

「わかった。ロブを連れて森に入っているわ」

「あいつら、森に隠れていないだろうね」

「あの人たち、街のほうに進んだと思う」

「わかった」

そこから二人は打ち合わせをし、オリビアとロブは森へと向かった。

アーサーは店の灯りを消し、オリビアの祖父母が使っていた部屋の灯りをつけた。店に下りてテーブルの陰で待つこと二時間近く。

耳を澄ませていたアーサーは、かすかな足音を聞き取った。

「さっさと来い。どうせなら五人全員で来いよ」

斬り殺さずとも倒す自信があった。アーサーは剣と鞘(さや)を紐で結び、紐を引けば簡単に剣を抜けるように準備した。鞘ごと打ち据えて動けなくするつもりだが、場合によっては剣を抜くつもりだ。

自分の心の変化に自分で驚いている。

「オリビアを守るためなら剣を使う」

そう考えて揺るがない自分がいるのだ。

26　祖父母の心配

バキッ！　ガシャンッ！

いきなり店のドアが蹴破（けやぶ）られた。ドアにはめられていたガラスが粉々に砕けて飛び散る。アーサーは気配を消して動かず、五人全員が店の中に入るのを待った。

「下りてこないな」

「怯えて動けないんじゃないか？」

「金はあるかな」

「まずはあの女の部屋に行こう」

勝手なことを言いながら、ぞろぞろと五人が店の奥の階段に向かう。四人が階段を上り、五人目が階段を上ろうとしたところでアーサーが飛びかかった。

ゴッ！　と背後から首のつけ根を強打すると、男は「ぐぅっ」とひと声漏らしてその場に倒れた。

「誰だっ！」

前の男が大ぶりなナイフを抜いてアーサーに飛びかかる。鞘で手首を鋭く叩いてナイフを弾き、相手が避ける間も与えずに側頭部を打ちのめした。

暗い店内に血の匂いが広がる。

階段を上りかけていた三人の男たちが飛びかかってきたが、アーサーは冷静に全員の腹や頭、首を狙って一撃で倒した。暗闇での戦いには慣れている。

呻いている者、意識を失っている者、五人全員をオリビアが渡してくれた洗濯用のロープで縛り上げる。それから家中の灯りをつけた。これが「無事解決」の合図だ。


一方のオリビアは悶々としていた。

五人の男たちが店と自分を狙っていることに気づいてから、アーサーに告げようか、それとも彼を巻き込むのはやめようか、と迷っていた。

彼らの心を聞いてしまった直後は、さっさとアーサーを帰して自分とロブ、ヤギを連れて森深くに逃げようと思っていた。熊や狼などの獣に出くわす危険はあるが、確実に襲ってくるつもりの人間よりは「襲われるかもしれない」熊や狼のほうが、まだましだと思った。

だがそう思う一方で（そういうところが私に欠けている部分じゃないのか）とも思った。耳に祖母の言葉が甦ったのだ。

『オリビア、人間は愚かなこともするけれど、正しいこともちゃんとするの。あなたはいつか、人間を信じられるようになるといいわね』

祖母マーガレットはオリビアが人間不信であることを、とっくに見抜いていた。

ていた。

そして自分たちが先立った後に人間不信のオリビアが一人で生きていくことを心配してくれ

オリビアは自分が親に見捨てられたことも貴族の娘だったことも、祖父母には言いたくなかった。それに、自分の能力を知られて気味が悪い子と思われるのも恐ろしかった。なぜなら、当時のオリビアにとって、マーガレットとジェンキンズは、最後の命綱だったから。

『私は人間を信じているわよ。大丈夫』

そう言って笑っても、自分を見る祖母の顔から心配の表情が消えることはなかった。

（おばあさん、私、アーサーを巻き込むとわかっていて、あの人を信じて頼ったわ。これでよかったの？　人を信じて頼るって、こんなに不安で申し訳ない気持ちになるのに。みんなこんな苦しい気持ちになっても人を頼って生きているの？）


アーサーに申し訳なくて、（私が頼ったせいで彼が怪我をしたり殺されたりしたらどうしよう）と目の前が暗くなる思いだ。彼を失って、死ぬまで後悔を抱えて生きていく人生も恐ろしかった。そんな人生に耐えられそうにない、と森の中で暗く思う。

両手を握り合わせ、祈るような気持ちで店のほうを見つめ続けた。

「キューン」とロブが心配して鼻を鳴らした。

「ロブ、ごめんね。不安よね。私、すごく不安なの。アーサーを巻き込むべきじゃなかったかもしれない」


声を殺して話しかけ店を見つめ続けていると、やがて店の全ての窓が暖かい色に輝いた。

「生きてる！　よかった！　アーサーが生きてる！　行くわよ、ロブ。帰ろう！」

足元がよく見えない森の中を、オリビアは走り出した。

心の中で（アーサー、アーサー、お願い、無事でいて！）と繰り返しながら走る。木の根に躓き、盛大に転んだり木の枝に顔を引っかかれたりしたが、そんなことはどうでもよかった。

アーサーの無事な顔を早く見たかった。


「アーサー！　無事？　無事なのっ？」

蹴破られたドアから駆け込み、オリビアは床に転がされている男たちを見てからアーサーをじっくり見た。

「怪我は？」

「ない。奴らには触らせなかった」

「よかった！　本当によかった！　五人もいたのに。すぐにロブをお使いに出します」

急いで書いたメモをロブの首輪にハンカチでくくりつけ、ロブの額に自分のおでこをくっつけて話しかける。

「いい？　ビリーさんの家よ。何度も行ったことあるからわかるわね？　エラとソフィーの家。ちゃんとお使いができたら肉をご褒美にあげるわ」

肉と聞いて、ロブは鼻息も荒く店を走り出ていった。

メモには「強盗を五人捕まえました。人を呼んでください。オリビア」と書いてある。ロブの足なら二キロはすぐだ。メモを読んだビリーは近所の農家へ知らせてからここへ駆けつけてくれるだろう。知らせを受けた人は、領主のヘイリー・マーレイに知らせるはずだ。


オリビアは真剣な表情でアーサーの周囲をぐるりと回る。

「えっ、何？」

「本当に怪我をしていないか調べています」

「してないよ。こいつらはたいした心得がなかった。なんの問題もなく片づけられたよ」

「本当に強いんですね」

二人の会話を縛られた男たちが恨めしそうに見上げながら聞いているが、アーサーもオリビアも横目で監視しながらも一切知らん顔で通した。


やがてガラガラガラと荷馬車の駆けつける音が聞こえてきた。壊れて倒されているドアを踏み越えてビリーが走って入ってくる。手には先の鋭い農具のフォークを持っていた。

「オリビア！　大丈夫かっ！」

「ビリーさん！　私もこの人も無事です！　来てくれてありがとう！」

「ああ、よかった。エラもソフィーも心配しているよ。もうすぐ領主様のとこの兵隊さんが来てくれる。こいつらか！　この野郎どもが！」

　怒りをむき出しにしてビリーが男たちを見下ろした。だがすぐにオリビアを抱きしめる。

「オリビアが無事でよかった。マーガレットにもジェンキンズにもどれだけ繰り返し頼まれていたことか。あんたのことを二人は本当に心配していたんだよ。ああ、よかった。本当によかった」

　最後は涙声で鼻をすするビリーの言葉に、オリビアの緊張の糸がほぐれ、じんわりと泣きそうになる。

　祖父母はきっと、自分が思っていたよりもずっとずっと人間不信の自分を心配していたのだ、と申し訳なく思う。

　ビリーはアーサーに向き直った。

「あんたがやっつけてくれたのかい？」

「はい」

「ありがとうな。俺たちみんな、いつかこんな日が来るんじゃないかって心配していたんだよ。

だが、この子の家族が『何も言わずにオリビアの好きなようにさせてやってくれ。見守っていてくれ』と言い残していたからさ。余計なことは言うまいと思いながらも心配していたんだ」

「そうでしたか」

「ありがとう、オリビアを助けてくれてありがとうな」

ビリーは何度も頭を下げた。

アーサーは目を眩しそうに細めて笑っている。大型犬みたいな笑顔だ、とオリビアは涙で歪む視界の中のアーサーとビリーを見ていた。

やがて大勢の人間の気配がして、領主の家の衛兵が店に駆け込んできた。

27　青菜とハムのスープ

領主の衛兵たちは、あっという間に五人の商人たちを連れ去った。

一番立場が上らしい男性に状況を尋ねられ、オリビアとアーサーがそれに答えている。

「夕食を食べにきたあの人たちが、私のことをチラチラ見ながら何かしゃべっていました。嫌な予感がしてアーサーさんに相談したら、私に森に隠れていなさいと言ってくれたんです」

「ええ、俺がそう言いました。なんとなく怪しい感じがしたので、灯りを消して奴らが来るのを待ちました」

「そうですか。お手柄でした。たった一人でよく捕まえてくれました。マーレイ領の平和を守ってくれたことに感謝します」

衛兵の男性は笑顔で帰っていった。ビリーも「じゃ、お兄さん、オリビアを頼んだよ」と言って帰っていく。

やがてご機嫌な顔でロブが帰ってきた。ロブの気持ちは動物の心が読めないアーサーにもすぐにわかった。

『どう？　ちゃんとお使いできたでしょ？』という自慢げな顔だ。

オリビアが約束の茹でた鶏肉をロブに与えた。ガブ、バクンと飲み込んで口の周りを舐めるロブを、二人で笑いながら眺める。

　アーサーがロブのほうを見たままオリビアに話しかけた。

「俺、あの人にうまく言えていたかな？」

「ええ。とても」

「オリビアはこんな気苦労をずっと続けているんだな」

「森の中で待っているときの不安に比べたら、この程度の辻褄（つじつま）合わせなんてどうってことないわ」

「不安て、俺がやられるかもしれないと思ったの？」

「だって私、小金貨七枚がどれほどの腕かわからないもの。アーサーさんに何かあったら、一生後悔するだろうと思ったわ。生きた心地がしなかった」

　アーサーはしばらくオリビアの顔を見ながら考えていたが、思ったことは今、はっきり伝えておこうと決めた。

「あのさ。俺に相談する前、ソワソワしてたよね。もしかして最初は、俺に何も言わずに一人で対処しようと思った？」

「……」

「やっぱり。そんな気がしたんだ。もしそれで君に何かあったら、俺が苦しむとは考えなかった？」

「それは……」

「考えなかったんだろうな。あのとき男たちを見ていた俺が、何も知らされずに帰ったとするよ？　君に何かあったと後から聞かされたら俺は苦しむさ。ずっと、ずっとだ。オリビアは俺に雨宿りさせてくれて、泊まらせてくれて、狼から守ってくれたじゃないか。なのになぜ？」

「それは……」

そこでアーサーは「あれ？」とオリビアを覗き込むように顔を傾けた。

「うわ、今まで気づかなかった。顔があちこち傷だらけだ！　薬、あるんでしょう？　すぐに塗ったほうがいい」

「え？　顔？　ああ、暗い中を全力で走ったから、転んだり枝で引っかいたりしたけど。大丈夫」

「暗い中を全力で走るなんて。枝が目に刺さったら死ぬこともあるんだよ？」

「初めて会った日も思ったけど、アーサーさんは心配性ね」

「俺は最悪のことを想定して生きてきたからね。口うるさいと思うだろうけど、オリビアは少し不用心だよ」

「私だって」

そこで言葉を切るオリビア。「ん？」と続きを促している顔のアーサー。

「私だって、すごく心配だった。アーサーさんが怪我をしていたらどうしようって。心配で心配で、あんなときに歩いて戻るなんてあり得ない」

アーサーはなんとも微妙な顔になり、オリビアから視線を外した。その耳が赤いことにオリビアは気づかない。


「とりあえず今日はここまでだ。ドアをなんとかしなきゃ」

「今夜はもう遅いから。ドアの内側からテーブルを押しつけておきます」

「あのままで寝るつもり？」

「今夜はもう無理。へとへとに疲れてしまったの」

「俺が直すよ」

「明日！　もう明日にしましょう。ひと晩に二組の強盗は来ない。断言するわ」

「わかった。じゃあ、俺は店で寝る。じゃないと俺が心配で眠れない。安心してくれ、君の部屋に行ったりはしないと誓うよ」

「そんなことは疑っていません。じゃあ、祖父母の部屋に寝てください。この床でアーサーさんが寝ているだなんて、それこそ私が眠れなくなります」


そんなやり取りがあった翌朝。アーサーはオリビアの祖父母の部屋で目が覚めた。

手入れの行き届いたランプや暖炉、磨かれた木の床、祖母の手仕事と思われるベッドカバー。そして上品な色の壁には、誰かが描いた少女の絵。それは、少女時代のオリビアだとすぐにわかる。

五歳くらいの頃から、成長の順番に小ぶりの額縁に入れてたくさん壁に飾られている。どのオリビアも楽しそうに笑っている。そしてどの絵にもオリビアの隣には犬、猫、ハリネズミ、スズメ、コマドリ、ヤギ、キツネなどの動物が一緒だ。

「これ、もしかして知っていたんじゃないのか？」

そうつぶやきながら絵を見ていると、階下から声がかけられた。

「アーサーさん、朝ごはんができました！　起きてください！」

「はい！」

たったこれだけのやりとりなのに、一人で照れてしまう。アーサーはニヤつきそうな自分の頬をパン！　と両手で挟んでから、澄ました顔で階段を下りた。

台所のテーブルには茹で卵、バタートースト、青菜とハムの澄んだスープが並べてあった。

「美味しそうだ。オリビアは早起きなんだね」

「私はいつも日の出と一緒に起きるの」

「それじゃあ、夜は眠いはずだ」

「ええ。昨夜はもう、へとへとでした。でも、五人と戦ったアーサーさんのほうが疲れましたね」

「あんな程度じゃ全くだよ」

本当に全く疲れていない。あの男たちは弱かった。彼らは五人という人数と相手が女性一人ということに調子に乗ったのだ。


「あ、チュン。いらっしゃい」

開け放たれている台所の窓枠に、一羽のスズメが降り立った。アーサーを見て、いつでも飛び立てるように緊張している。

「大丈夫。この人はあなたに何もしないわ。パンを食べる？　ん？　そう、少しだけ降るのね。ありがとう。さ、お食べ」

スズメはチュンチュン鳴いているだけに聞こえるが、オリビアにはスズメの言葉が伝わっているらしい。（確かに何も知らない人が見たら、頭がおかしい人だと思われるだろうな）と思いながらアーサーはパンを食べる。

バターをフライパンに引いて焼いたパンは、外がカリカリで中はしっとりだ。

「私の雨予報はあの子が出所（でどころ）なの。私はそれを自分の手柄のようにお客さんに教えているだけ。ふふ」

「スズメと会話できたら楽しそうだ」

「会話、ではないかも。あの子はチュンという名前なんだけど、チュンは雨が降るときだけ教えに来て、お礼を食べて帰るの。私の言っていることはあまりわかってないと思う。それでも十分大切な私の仲間なの」

「俺をその次の仲間リストに加えてほしいよ」

「え？　チュンの次でいいの？」

「ロブ、金色の鹿、ヤギ、スズメ、その次が大型犬の俺」

スープを口に入れるところだったオリビアが笑い出し、スープはスプーンからこぼれ落ちる。

「タイミングを考えてくれたのね」

「ああ」


二人で笑い合う楽しい朝食だった。

アーサーは（こんな楽しい食事はいつ以来だろう）と思う。たぶん、妹と二人で山栗をたくさん拾って帰り、夕食に母親がそれを茹でて出してくれたときだ、と思い出す。

（あの頃は、茹でた栗がたくさんあるだけで幸せだった）

そう思いながら飲むスープは、傷だらけの心を癒やしてくれる優しい味だ。そして言うべきことを言う勇気をくれる味だった。

「ねえ、オリビア。昨夜のようなことがあると、俺は心配でこの先不眠症になる」

「……うん」

「だからヤギ小屋の上に住まわせてくれないかな。それと、今朝はドアを直してから薬草店に行く。それは譲れない」

「う、うん。ありがとう。でも毎日往復二十キロも歩くことになるわよ？」

「俺、実は多少の金は持っているんだ。馬を買うよ。いいかな」

「ヤギ小屋でいいの？」

「うん。ヤギ小屋がいい」

「……ええ、いいわ。私もあなたがあそこにいてくれたら心強いし嬉しい。どうぞ。あなたのことはもう、リストに加えたから、安心してね」

「俺はスズメの次だから五番目の仲間だね」

「いいえ、仲間リストの一番目よ」

「そりゃ大出世だ」

　朝食を食べ終え、壊れたドアの蝶番をつけ直す間、アーサーはずっと緩みそうになる顔を引き締めるのに苦労していた。

28　引っ越しの日の夕食

フレディ薬草店では、再雇用を願いにきたアーサーにフレディが笑顔で対応している。

「もちろんだよ、アーサー。君には今まで通りここで働いてほしい」

「あんな勝手な辞め方をしたのに。ありがとうございます、フレディさん」

「いやぁ、よかったよかった。あの一家も大慌てで引っ越していったし、万事解決だ」

「あの一家、もうですか？」

「ああ。ルイーズ様のおかげだよ。お会いしたかい？　ルイーズ様に」

「はい。元王女様で隣国の公爵家の大奥様と聞いて緊張してしまいました」


ヒューズ家はルイーズと面談した翌日には管理している商会に売却の相談をもちかけ、売却が決まるとすぐに家具類は全てそのままで出ていったという。

アーサーは早速店の掃除を始め、フレディは薬草の配合を始めた。

「ルイーズ様は『今後の対応は娘次第』と話をつけたそうだ。つまり父親はよほど娘を信用できないらしい」

「自業自得（じごうじとく）ですね」

「商売はできる男だったんだろうが、我が子の育て方は間違えたんだな。そうそう、今朝、噂で聞いたんだが、農村部に強盗が入ったらしいね。物騒な話だよ」

「それ、オリビアの店です。俺がたまたま居合わせたので、全員取り押さえました。オリビアは無事です」

フレディが何も言わないので窓ガラスを拭いていた手を止めて振り返った。フレディは乾燥させた薬草を天秤（てんびん）に載せて量っている姿勢のまま固まっていた。

「フレディさん？」

「ああ、すまないね。そうか。『スープの森』に強盗が入ったか」

「店の金と、その、オリビアを狙ったようでした」

「はぁぁ。そんな日がいつか来るんじゃないかと客の全員が恐れていたよ。だが君がいてくれたか。ありがとう、アーサー。ジェンキンズに代わって礼を言うよ」

「実は俺、あのまま彼女を独りにしておくことができなくて、今日から店の裏にある離れに引っ越すんです」

「そうか。そうか！　それがいい。ぜひそうしてくれ。店の常連たちがみんな喜ぶ。ありがとう、アーサー」

「え？」

フレディはアーサーを手招きすると椅子に座らせ、静かな声で説明してくれた。

「あそこで暮らすのなら、詳しい経緯を知っておいてくれ。そのほうがいい。ジェンキンズが自分がこの世からいなくなったときのために、と私に話して聞かせてくれた話だよ」

「はい。ぜひ」

「オリビアを育てたマーガレットは、母親が薬師を引退するときにルイーズ様の担当を引き継いだんだよ。ジェンキンズはルイーズ様専属の護衛騎士だった」

「はい」

「ルイーズ様が隣国の王子に嫁ぐとき、王命でマーガレットはついていった。だが、ジェンキンズは行けなかった。二人は恋仲だったんだが、護衛騎士は他国の城では働けないからね。それで、当時二十歳だったマーガレットは、ルイーズ様の三人のお子様が成人するまで働いてから帰国したんだ」

アーサーは（それっていったい何年間の話だ？）と思うが、王家批判に繋がるかと思い、口を閉じている。

「マーガレットは四十四歳になって、やっと辞職し、帰国できた。その間に隣国へ行こうとしたジェンキンズの辞職は受け入れられなかった。陛下は病弱なルイーズ様を案じられて、マーガレットには仕事に専念させたいとお考えだったのかもしれない。その辺りのことは私には知り得ないことだがね」

「四十四歳……」

「マーガレットは、自分の子供は望めない年齢まで働いてから帰国して、やっとジェンキンズと結婚できたのさ。それから数年後のことだよ、オリビアが保護されたのは」

（二十四年も会えないなんて。オリビアの祖父は、どんな思いでいたのだろう）

この国の騎士はその役に就くときに「命果てるまで主の命に従う」と宣誓する。ジェンキンズは待つしかなかっただろう。アーサーはジェンキンズにもマーガレットにも心から同情した。

「マーガレットとジェンキンズはオリビアを心から愛していたよ。そしてあの子を案じていた。『スープの森』の常連はみんな、マーガレットとジェンキンズに世話になっているんだ。オリビアが少し変わっていることも、他人と距離を置いていることも承知だ」

「そうですか」

「もう気づいているだろうが、オリビアが安心して笑うのは動物の前だけだ。それがなぜかはわからないが、実家でよほどつらい思いをしたのだろうと、私を含めたみんなが思っている」

フレディは優しい目でアーサーを見る。

「だが、オリビアは君には心を開いている気がするよ。大雨の日に、君はジェンキンズの服を着てジェンキンズの座っていた席にいたそうだね。それを見た常連客が私に教えてくれたよ。オリビアは、今まであの席には誰も座らせなかったんだ。だから君がこのマーローを出ていくと言ったときには、本当に残念だった」

アーサーは『スープの森』を初めて訪れたときのことを思い出している。あの席に座れと勧めたのはオリビアではなかったか。

（誰にも座らせなかった席？　ならなぜ自分に勧めたのだろう）


「いきなり辞めたこと、本当に申し訳ありませんでした。でもあの席に座るよう勧めたのはオリビアだったと思うんです」

「オリビアの心を開かせる何かが、君にはあるんじゃないかな。全てはいい方向に向かっている。よかったよ。私もこれで安心できる」

フレディは何度も何度も「ああ、よかった、安心した」と繰り返す。

（オリビアは多くの人に愛されているんだな）

孤独に生きていると思ったオリビアが、実はそうではなかったことがなんとも嬉しい。本人はそれを知らないのかもしれないが。


アーサーはその日の夕方に仕事を終えると、自分が使っていた薬草店の部屋を片づけ、馬を買い、ガラスも買って、『スープの森』へと帰った。家中の窓という窓が明るくなっている。暗い景色の中で、あの建物が遠くからでも見えた。

引っ越してくるアーサーをオリビアが歓迎してくれているのが伝わってくる。


「ただいま、オリビア」

「お帰りなさい、アーサーさん」

「馬を買ったよ。アニーというメスの馬だ。四歳だそうだ」

「見てくる！」


オリビアは駆け出していき、アーサーは後ろから歩いて店を出た。オリビアは屋根だけの小屋に繋がれている馬に話しかけていた。

「そう。アーサーのことが気に入ったのね。彼はいい人よ。とっても強いの。私とも仲良くしてね。犬もいるのよ。あっ、来たわ。この子はロブ。ロブもいい子なの。よろしくね」

そして近づいてきたアーサーを笑顔で振り返った。とてもいい顔で笑っている。

「今夜はアーサーさんの引っ越しの日だから、夕食は少し豪華にしてみました」

「おお。楽しみだな。窓ガラスを買ってきたから、今入れるよ」

「助かります。あのままだと虫が入ってきてしまうから」

オリビアが料理を温めたりテーブルに並べたりしている間に、アーサーは玄関ドアにガラスをはめ込んだ。

台所のテーブルにはマスの香草焼き、豚バラ肉とキノコと青菜の蒸し焼き。朝食べた青菜とハムのスープにはニンジンの角切りと小麦粉団子が加えられている。

「釣りに行ったの？」

「ロブと一緒に行ったの。キノコもそのときに」

「俺も釣りは好きだよ。明日、一緒に行く？」

「ええ！　早起きでも大丈夫？」

「任せてくれ。料理、どれも美味しいよ」

「それはよかったわ」

「そうだ、家賃を決めてくれる？」

「優秀な人に守ってもらうのに、お金はもらえないわ。部屋代と朝夕の食事、洗濯と掃除でも、まだ小金貨七枚には全然足りないもの」

そこからしばらくは互いに意見を主張し合ったが、最後はアーサーが折れた。

食事を終え、二人で食器を洗い、アーサーはヤギ小屋の上へと上がった。部屋は拭き清められ、床板は蜜蝋（みつろう）で磨かれていた。シーツも枕カバーも洗いたてのいい香りだ。

「明日は釣りをして、馬小屋に壁を作るか。壁は夕方だな」

たちまち眠ってしまったアーサーは、夢を見た。

実家のテーブルには美味しそうなスープ、焼き魚、バター焼きパンの他に、茹でた山栗がたっぷり並べられていた。

夢の中で、父も母も妹も自分も笑いながら食事をしていた。

29　アナグマが見たもの

アーサーがヤギ小屋という名の離れに住むようになってから、オリビアとアーサーは週に一度の割合で釣りに出かけるようになった。おかげでスープの森のメニューには、川魚料理の出番が増えた。オリビアの生活は穏やかで安全で、平和だった。


七月に入った。オリビアはまだ涼しい朝の四時半に起きて洗濯をしている。以前は三人分の洗濯をこなしていたのだから、アーサーの分が増えたところでなんということもない。

「おはよう、オリビア。相変わらず早いね」

「おはようアーサーさん。水の音で起こしてしまったかしら」

「『さん』はいらないよ。いい加減平等になろうよ。俺はオリビアと呼んでいるのに」

「つい癖で。わかったわ、アーサー」

「うん、それでいい。釣りに行く？」

「ええ！　もう少ししたら洗濯が終わるわ」

朝食の前に釣りに行くのは小さな楽しみだ。行きと帰りに薬草とキノコが採れるのもありがたい。オリビアが前、アーサーが後ろ、ロブは前に出たり後ろへ行ったりしながらついてくる。

「さあ、今朝はなん匹釣れるかな。この淵のマスはだいぶスレてしまったから最近は釣るのが難しい」

「どっちがたくさん釣れるか競争する？」

「いいね」

ロブは川上へと遊びに行き、姿が見えない。


三十分ほど過ぎた頃に、アナグマの親子が川の向こう岸を移動して近づいてくるのが見えた。

『人間！　人間だ！』

『こっち　来るな！』

『魚！　捕まえてる！』

『死んでる人間　生きてる人間』

アナグマの子供たちはもうすぐ親離れをする時期だ。母親は子供たちを引き連れて移動している。オリビアは子アナグマの記憶が気になった。

川岸に倒れている人間の姿。アナグマは用心して近寄らなかったようだが、もしや溺死体だろうか。

「アーサー、ちょっと上流に行って確かめたいことがあるの」

「アナグマが何か言ってたの？」

「言ってたし、記憶が少し見えたの。川岸に誰か倒れているみたい。もう死んでいるかも」

「行こう」

「溺死体かもしれないわよ？　いいの？」

「俺を誰だと思ってるんだ？」

「あ、ああ、そうだったわね」


ロブを呼び戻して二人と一匹で川岸を上流のほうへと歩く。大きな岩が目立つようになり、川の幅が細く流れは急だ。

大きな岩を迂回（うかい）したところで、オリビアがその人を見つけた。洒落た釣り用の服を着た男性が、河原にうつ伏せで倒れている。膝から下は水の中だ。

「俺が見にいくから君はここに」

「私も行くわ」

「目玉がないかもしれないよ？」

「う」

「いいね？　ここで待っていて」

そう言ってアーサーは大股で男に近寄った。首に指をあて、仰向けにし、頬を叩いている。

オリビアが大きな声で尋ねた。

「生きてるの?」

「どうにか！　だが身体が冷え切ってる！」

「わかった！」


意識のない人間は重い。二人で五キロ先の店まで運ぶのは無理だと判断して、オリビアは流木を集め火をおこすことにした。大きな炎が燃え上がり、そのそばに引きずって男を運ぶ。服を脱がせ、アーサーがシャツを脱いで男に被せた。

「ロブにお使いをさせたいけど、書く物もなければこの場所をなんて説明したらいいのかも……」

「俺の経験からすると、この年齢ならそのうちに意識は戻ると思うが」

男は若い。十八、九歳か。金持ちの息子に見えた。

「また別荘の人を助けたのかも」

「今度はオリビアが惚れられる番だね」

「やめてよ、縁起でもない」

焚火に当たらせ、手足をさすする。やがてアーサーの言ったように若い男は意識を取り戻した。

「……ここは？」

「ここはマーローの街から十五キロほど離れた場所です。あなたは川岸に倒れていたんだ」

「あれ？　このシャツは？」

「冷え切っていたから濡れた服は脱がせたの。そのシャツはこの人のものよ」

「えええ」

「『えええ』じゃないだろう。この人が君を見つけてくれたんだよ？　言うべきことがあるだろう？」

「ああっ、そうでした。助けてくれてありがとう。僕はライオネル。魚が釣れそうな場所を探しているうちに転んで流されたんです。溺れそうになったところまでは記憶があるんだけど。本当に助かりました」

「どういたしまして。ライオネルさん、歩けるかしら。私の家まで五キロはあるけど、頑張って歩いてくれたら、乾いた服と美味しい料理を提供できるわ」

「はいっ。歩けると思います」

ライオネルがふらついて力が入らないのを見て、オリビアが飴玉を渡す。ライオネルは受け取った飴玉を五つ全部バリバリと噛み砕いて飲み込むと、だいぶ元気になった。

アーサーは今、上半身が裸だ。オリビアは後ろを歩きつつその背中を見ていた。

アーサーの上半身には、背中も腕も大小さまざまな傷跡がある。きっと胸や足にもあるのだろう。

剣で斬られたと思われる傷もあれば火傷のような傷、刺し傷まである。

(十四歳で傭兵になってから、この人はどんな過酷な状況で生きてきたんだろう)

自分の子供時代を不幸だったと思っていたが、むしろ恵まれていたのだと思い直した。

(私は逃げ出してすぐに優しい祖父母に拾われた。大事に育ててもらった。アーサーのように自分の力だけで生きてきた人に比べたら、私の不幸なんて)

オリビアがそう反省していたときだ。

「すごいですね！　アーサーさんの身体。筋肉もすごいけど傷だらけだ！　何をしたらそんな傷ができるんです？」

「ライオネルさん、その言い方は失礼だわ」

「いや、僕、そんなつもりじゃ」

「いいんだ。気にしてないよ。俺は傭兵を十四年やっていたんだ。もう辞めたけどね。傷が多いのはなんの技術も持っていなかった頃の傷だよ。俺はたくさんの先輩に助けてもらって生き延びることができたんだよ」

「すごいなぁ。その先輩方は今も傭兵を？」

「いや。俺を助けてくれた先輩たちは、みんな死んだよ」

「えっ」

「傭兵は最前線で戦うからね」

穏やかな口調と表情。だが、今、オリビアの心に大きな波のように悲しみが流れ込んでくる。

今まさに息絶えようとしている先輩を抱きかかえ、名前を繰り返し叫ぶアーサー。傷が腐り、高熱を出している先輩を看病するアーサー。先輩もアーサーも泥だらけだ。

アーサーの深い絶望が悲しみの後から流れてくる。

次の記憶の中で、両親らしき二人と小柄な妹らしき遺体を、アーサーが穴を掘って埋葬していた。アーサーを含め、全員が驚くほど痩せている。

「オリビア！　どうした！」

「あっ」

自分を前の二人が驚いた顔で見ている。オリビアは声を出さないようにして泣いていたのに、それを見られて慌てた。

「ああ、気にしないで。傭兵の仕事って大変なんだなって思ったら涙が」

「ちょっと休もう」

アーサーがライオネルからオリビアを引き離し、小声で謝った。

「悪かった。俺、つい昔のことを思い出してしまって。見えたんだね？」

「勝手に見てしまってごめんなさい」

「いや、俺が悪かった」

「謝らないで。平気な顔をしているべきだったわ。もう二度とこんな失敗はしないから。ごめんなさいね」

涙を拭って笑って見せたが、オリビアもまた両親と別れた場面を思い出していた。すると、アーサーが突然、オリビアの頬に触れた。

アーサーの顔が痛ましいものを見たような表情になっている。

「大丈夫。私なら大丈夫よ。さあ、帰りましょう。美味しいスープを飲めば、ライオネルさんも元気になる！　任せて！」


また三人と一匹で歩き出す。

アーサーにも見えた。少女のオリビアが絶望を感じながら「さようなら、お父様、お母様」と叫んでいた。泣いて見送る両親の後ろに、オリビアを嫌な目つきで見ている老人がいた。

（あんな目で見られながら暮らしていたのか。そして彼女の両親は、あの老人の言いなりになったのか）

元気なふりを装いながら歩くオリビア。その背中を見ながら、アーサーの心にオリビアの家族への怒りとオリビアへの労りの気持ちがあふれる。

（それにしても、俺までオリビアの心がわかるようになるって、どういうことだ？）

30　まだ何も起きてはいない

ライオネルを無事に店まで連れて来ると、アーサーはすぐに彼が滞在している家まで馬を走らせることにした。やはりライオネルは別荘に滞在中だという。

「君が滞在しているのは、なんていうお屋敷かな？」

「フィード商会の会長の家です。ええと、別荘街の一番奥にある一番大きな別荘だよ。最近売りに出たのを買ったらしい」

「あー……なるほど。その家ならわかるよ。すぐに迎えを呼んでくる」

アーサーは愛馬アニーに乗って走っていった。そしてすぐに馬車を引き連れて戻ってきた。


「ライオネル、日の出前に出たっきり、なかなか戻ってこないから心配したのよ」

「そうだよ。領主のヘイリー卿に助けを求めるべきかと相談していたんだ。無事でよかった」

「母さん、父さん、僕、実はあんまり無事でもなかったんだ。川で流されて、溺れかかったんだよ。気を失っているところをこの二人が助けてくれたんだ」

ライオネルの言葉に彼の両親は大変に驚き、オリビアとアーサーに深く感謝した。滞在している家はフィード商会長とやらの持ち物で、貴族であるライオネル一家は招待されたらしい。

王都で話題の別荘暮らしを楽しみに来たという。

「じゃ、俺は仕事に行くね」

「行ってらっしゃい、アーサー」

「息子が世話になった。ありがとう」

などと各人に声をかけられてアーサーが出かけていった。

「父さん、母さん、この店はスープが人気の店らしいよ。さっきご馳走になった玉ねぎとアスパラガスとチーズのスープ、美味しかったんだ」

「では改めてお礼を兼ねて落ち着いたらみんなで食事に来るとしよう。今日は本当にありがとう。礼を言うよ」

「はい。お待ちしています」

両親が持ってきた着替えを身に着け、しっかりした足取りでライオネルは帰っていった。

見送って店内に戻ったオリビアに、静かにしていた常連客たちが声をかける。開店前に野菜のおすそ分けに来てくれて、そのまま一連の騒ぎを見守ってくれていたのだ。

「オリビア、この店もついにお貴族様が来るようになっちまったなあ」

「そうですけど、この後いらっしゃるにしても、一度きりじゃないですかね」

そのときのオリビアは本気でそう思ったのだ。

三日後。

ライオネルの一家は彼の従姉という二十代後半の女性も伴って四人で店にやってきた。その従姉をひと目見て、オリビアの心臓が早鐘を打つように騒ぐ。

（あの人、私の従姉によく似てる。名前は忘れてしまったけれど、カールのきつい金髪も、あの唇の脇のホクロにも見覚えがある）

四人の注文を受けてスープと料理の用意をしながら、不愉快な記憶が湧き上がってくるのを止められない。

「ねえ、お兄様、この子頭がおかしいわ。さっき、スズメとしゃべっていたのよ」

「へえ。おい、オリビア。スズメと何をしゃべっていたんだ？」

「ええと、スズメがね、あっちに美味しい草の実があるって言ってたの」

「聞いたか？　スズメがしゃべったんだってさ」

「本当だもの！　嘘はついてないもの！」

「お兄様、だったらこの子、本当は人間じゃなくてスズメなんじゃない？」

オリビアを見ながら馬鹿にしたような顔で笑い合う兄妹。困った顔でオリビアに「いい子だから、あなたはお部屋に行ってなさい」と言う母。

また別の日には、たくさんの客を迎えたお茶会らしき集まりで、大人たちに大きな声でオリビアのことを報告する従姉。

「お父様、オリビアったらね、さっき、庭の猫とおしゃべりしてたのよ。ずーっとしゃべってるの」

「ユリア、オリビアは大丈夫なのか？　医者には診せたのか？」

「ええ、お兄様。お医者様は夢見がちな子供なのだろうっておっしゃってたわ」

「もう五歳なんだ、夢と現実の区別がついてもいい歳だろう」

「ええ……そうね……お兄様」

来客たちの好奇心丸出しの視線。

母ユリアの悲しむ心。

たくさんの『変な子』『身内にこんなのがいたら困るわね』という客たちの心の声。

野菜を切っている手に力が入らなくなり、指を切る前に手を止めた。

「もう乗り越えたと思っていたのに。二十年も昔のことじゃない。大丈夫。あちらは私のことなんて忘れているわ」

深呼吸してまた野菜を刻む。心を落ち着かせるために、保護して愛してくれた祖父母の言葉を思い出す。

「あなたは自慢の我が子よ。動物が大好きな優しいところも、頑張り屋さんなところも、全部素晴らしい。だから何があっても自分を卑下してはだめよ」

「オリビアは私とマーガレットの宝物だよ」

祖父母はとても優しかった。ある日勇気を出して「お父さん、お母さん」と呼んだオリビアに一瞬嬉しそうな顔をしたが、すぐに「そう呼んではいけないよ」と注意した。

「私たちのことはおじいさん、おばあさんと呼びなさい」

そう言って一枚の紙を渡してくれた。

「いつか困ったときに、この紙がお前を助けてくれるだろう。私たちがいつの日か神の庭に召されても、必ずこの紙を大切にしまっておくように」

（そうだ。あの紙がある。大丈夫。落ち着くのよ）


オリビアは四人連れの客に夏野菜のミルクスープとマスのフリット、こんがり焼いたガーリックトーストを運んだ。従姉は何も言わず、何も気づかないようだった。料理は好評で、ライオネルたちは全員料理に集中して食べている。

店に他の客がいなかったのもあり、オリビアは彼らの前で名前を呼ばれることはなかった。

（たまたま空いててよかった）と自分の幸運に安堵する。

やがて四人の客は帰ろうとして立ち上がり、料理の代金の他に大銀貨を五枚渡してきた。

「困ったときはお互い様ですので、これは不要です。お気持ちだけいただきます」

「あら、大切な我が子を助けてくれたんですもの、遠慮はなさらないで」

「いえ、本当に、」

互いに大銀貨を相手に押しつけようとしていると、常連客が三人入ってきた。常連客の三人は、壁の「本日のスープ」を見ずに声をかける。

「オリビア、本日のスープとおかずを頼むよ。パンは二枚だ」

「俺も」

「オリビア、私のパンは一枚にしてね」

「あっ、はい」

大銀貨をやや強引に相手に戻し、「失礼します」とだけ言って入ってきた客たちのほうへと歩き始めたときだ。

『オリビア？　あの人、オリビアっていうの？　行方不明になった従妹と同じ名前だわ』

背後から、いつになくはっきりと心の声が聞こえてくる。そして突き刺さるような視線を感じた。

オリビアはそちらに顔を向けないよう、心の動揺を悟られないよう、笑顔を作って常連たちに挨拶をし、笑顔で台所へと引っ込んだ。

「大丈夫。あの人は私の顔を覚えていなかったじゃない。大丈夫だから。落ち着きなさい」

ライオネルたちは馬車に乗って去っていった。

オリビアは従姉のことを忘れようとして、忙しく働いた。ヤギの世話をし、ハリネズミに野菜くずを与え、床を磨き、夜の料理作りに没頭した。

ありがたいことに夜はいつもより忙しく、オリビアは少しの間だけ不安を忘れることができた。


「ただいま、オリビア」

「お帰りなさい、アーサー。夕飯を食べる？」

「ああ。もう帰る間、ずっとミルクスープのことを考えていたよ」

店を閉めてすぐにアーサーが帰宅し、いつもの会話をしながらオリビアは手早くアーサーの夕食を用意していた。二人で台所のテーブルで夕食を食べていたときだ。

「オリビア、今日何かあったのか。君、心がざわざわしているんだね」

「そんなことないわ。今日も商売繁盛（しょうばいはんじょう）で忙しかったのよ」

「ふぅん」

いったんは引いてくれたアーサーだったが、食事を終え、お茶を飲み、そろそろいつもなら離れに行く時間になっても動かない。

「あの、アーサー。行水用のお湯なら沸かしてあるわ。どうぞ使って」

「君さ、何か隠してるよね。前に言ったはずだよ。何も知らないでいて君に何かあったら俺は苦しむって」

再び祖母の言葉が耳に聞こえる。

『オリビア、人間は愚かなことをするけれど、いいこともちゃんとするの。だから人間を信じられるといいわね』

（そうね。信じなきゃね、おばあさん）


「アーサー、実はね、今日、」

オリビアは今日来た従姉のことを話した。アーサーは最後まで黙って聞いていたが、聞き終わると考え込んでいた。

「君は両親に会いたくないの？　俺が心配しているのはそこだけだよ。君に冷たかった老人は、おそらくもういないだろう。会おうと思えば会える状況だよ。君は両親に会いたい？」

アーサーが祖父のことまで知っていることに驚きながらも、オリビアは自分の心を吟味する。

両親に会いたい気持ちが少しはある、と思う。

祖父の意見に従ってオリビアを手離すとき、両親は悲しんでいた。少なくともオリビアを嫌ってはいなかった。ただ、動物と話をしたり人の心を無邪気にしゃべったりするオリビアを持て余していた。

それでも結局、オリビアよりも祖父の意見を選んだし、オリビアが『普通ではないこと』を悲しみ、悩んでもいた。

「わからない。会いたい気持ちはあるけれど、会ってもいいことは何も起きないような気がするの。会ってみないとなんとも言えないわ」

「そうか」

「アーサー、言いたいことがあるなら言って」

「俺は、君にここにいてほしいと思ってるよ。君が両親と交流が持てるなら、それはいいことなんだろう。だけど、俺は君がここを閉めて両親のところへ行ってしまったら寂しい。俺の自分勝手な気持ちなのは十分承知しているが、俺は今の暮らしがとても大切だ。この先もここで君と一緒に暮らしていけたらと願ってる」

(なんと返事をすべき？　ううん。なんと答えるべきかじゃない。私がどうしたいか、だわ)

「ありがとう。私もここの暮らしを手放したくない。ここで平和に穏やかに暮らしたい。でも、両親は両親で私が原因で苦しんでいたんだろうと思うと、どうしたらいいのか」

二人が口を閉じて、静かな部屋にはなんの音もしない。やがてオリビアは気を取り直して笑顔になった。

「まだ何も起きていないわ。従姉が私のことに確信を持ったかどうかもわからないし。私の両親に報告するかどうかもわからない。両親が従姉の話を確かめに私に会いにくるかどうかは、もっとわからない。今からこんなに深刻になる必要なんてないわよ」

「それもそうだな。行水してくるよ」

「ええ」

アーサーが台所を出ていき、オリビアは寝ているロブに近寄って頭を撫でた。ロブは目を開け、オリビアの手を舐めて尻尾を振り、また目を閉じた。

「おやすみ、ロブ。きっと明日もまたいい日になるわ。いい夢を」

31　キノコと玉ねぎのスープと罪

両親が店に来ることなく、日々は流れていく。

九月に入り、森にはたくさんのキノコが顔を出すようになった。

「暑さが残る時期はあまりマスが釣れないけど、キノコがたくさん採れたわね。マスは秋になったらまたたくさん釣れるようになる！　秋が楽しみね」

「ああ。楽しみだ」

「心配したようなことは何も起きなかったわね」

「そうだな」

返事をしながら、アーサーはオリビアの横顔を見ている。薬草店に勤めているのに家賃も食費もかからない生活で、アーサーは稼いだ金の使い道がない。（これじゃまるきりヒモだろ）とアーサーは落ち着かない。

だがオリビアは「腕利きのアーサーに用心棒をしてもらっているんだから」と言ってお金を受け取らない。

街から帰るときにお菓子や茶葉、砂糖やバターなど、目についたものをあれこれ買って帰るようにしているが、それもオリビアは恐縮する。

（オリビアに指輪かブレスレット、いや、ペンダントがいいかな。オリビアの瞳と同じ緑色の宝石のついているものを贈ろう。そして結婚を申し込もう）

ずっと心の中でグルグル渦巻いていた願いを形にすると決めた。

一緒に暮らして、この女性を誰にも渡したくないという思いは日々大きくなっている。踏み切れないでいたのは、自分が生活の糧（かて）のために斬り殺してきたたくさんの兵隊たちの最期の姿を忘れられなかったからだ。


傭兵時代、先輩たちは、アーサーの迷いを見抜いていた。

「やらなければやられるんだ。お互い様だ。忘れろ」

傭兵の先輩たちは慰めとも励ましとも取れる言葉をかけてくれた。アーサーも（相手は敵だ）と自分に言い聞かせ、深くは考えないようにしていた。

激しい戦闘で勝てば国の兵隊たちは大喜びして盛り上がり、酒を飲んで祝う。だが、傭兵たちは一見陽気なように見えて、目の奥は暗かった。

軍の兵隊は国や家族を守るために働いていたが、自分たちは違う。顔見知りの傭兵同士で敵味方に分かれることも珍しくなかった。

自分が斬り殺した相手にも親がいて兄弟がいて、妻や生まれたばかりの赤ん坊がいたかもしれないと思うようになり、ある日、ついに耐えられなくなった。だからアーサーは自分が幸せになることにためらいがある。

けれど『スープの森』に来て以来、人間らしい暮らしがアーサーの心の傷を少しずつ癒やしてくれている。

（もう前を向こう）

アーサーはその日、ポケットに小金貨を数枚入れて職場へと向かった。


その日の昼、店は常連客で賑わっていた。

キノコと玉ねぎのスープの深皿に削ったチーズを載せると、チーズはみるみる溶けていく。チーズが全部底に沈んでしまう前に玉ねぎやキノコに絡めて口に入れるのが、このスープを上手に食べるコツだ。

「オリビア、美味しいよ」

「オリビアはキノコ狩りの名人だな」

「キノコのことは全部、おばあさんに教わったから」

店の中にいい匂いが漂い、たくさん置かれた鉢植え越しに会話がやり取りされていた。

カラン、とドアベルの音がして、「いらっしゃいませ」と顔を向けたオリビアの動きが止まった。

二十年前の記憶よりも、すっかり歳を取った両親がオリビアを見つめて立っていた。

白髪の多くなった髪を上品に結い上げた母が、今にも泣きそうな表情でオリビアに近づいてきた。そしてガバッとオリビアを抱きしめる。

「オリビア？　オリビアよね？　エミリーに聞いたときはまさかと思ったけれど、我慢できなくなって確かめにきたの。オリビア、あなた、生きていたのね」

「オリビア。私たちのことを覚えているか？　ああ、あの頃の面影が残っている……」

店の客たちがシン、と静まり返ってこちらを見ていた。


「あの、どなたかと勘違いなさっているのではありませんか？　私は確かにオリビアですが、お客様のことは存じ上げません」

「オリビア、そんな。あなたはまだ五歳だったから忘れてしまったのよ。間違いないわ、あなたは私の娘よ」

「そうだよオリビア。ユリアと顔がそっくりだ」

確かに母と自分は似ていた。だが、オリビアは自分で想像していたよりもずっと冷静だった。母の心は無防備で、いろんな感情や考えがあふれ出していた。その内容はオリビアの心を冷やすのに十分だった。

オリビアがまだ少女時代にときどき想像していた両親との再会は、オリビアが自分の力を説明し、親に能力ごと受け入れてもらうことだった。

だが今の母の心はそんな想像と程遠く、オリビアを着飾らせて一緒に社交界に参加し、我が子の無事と『普通』を広めたがっていた。

『私が産んだ子は変わり者じゃなかった。ちゃんと普通の大人に育っていた。それをみんなに知ってもらわなければ』

そしてどこかの貴族の令息と引き合わせて結婚させることを思い描いている。

母の心の中で、オリビアは着飾って嬉しそうに夜会に参加し、良家の令嬢として見知らぬ貴族たちと上手に会話をしていた。


オリビアはそっと母の腕から抜け出した。

「申し訳ございません、仕事中なんです。困ります」

「オリビア。あなたは死んでしまったのだとばかり思っていたのに、こうして会えたのは神様のおかげだわ」

「神がオリビアを守ってくれたんだよ。オリビア、父さんはお前が生きていてくれて本当に嬉しいよ。毎日神に祈っていた甲斐があった」

オリビアの心の中で何かがピシリと音を立てる。心の中の宝物にヒビが入った気がした。

(違う。私が生きてこられたのは祖父母のおかげよ)

自分と両親の思いが全く嚙み合わない。怒りは湧かず、ただただ自分と彼らの間にある溝の大きさに脱力した。

「どうぞそちらの席へ。今、お見せしたいものを持ってきますので」

固唾(かたず)を呑んで見守っていた客たちの視線の中、階段を駆け上がる。

(おばあさん、おじいさん、今よね？　あれを出すのは、今なんでしょう？)

祖父の机の引き出しから封筒を取り出して、階段を駆け下りた。

「これをご覧ください。私は赤ん坊のときにこの家の養子になりました。赤ん坊のときに、です」

封筒の中の紙を取り出して見つめるオリビアの両親。

封筒の中の書類には『オリビア・イーグルトンは私の侍女が産んだ私生児であり、出生と同時にジェンキンズ・イーグルトンとマーガレット・イーグルトン夫婦の養子となった。これはそのことを証言するものである』と書いてあった。

それを読んだ両親は「そんな」「これは真実ではないだろう」と小声でやり取りしている。

「お疑いでしたら、ルイーズ・アルシェ様にご確認ください。それはルイーズ様が自ら書いてくださったものです」

父と母はグッと詰まった。この国の第三王女だったルイーズが証言すると書いてあるのだ、両親が否定できないことは承知の上だ。

「あのぅ、お話の途中で申し訳ないことですが、オリビアは赤ん坊の頃からここで育ちましたよ？　私は赤ん坊のときからオリビアを見ています。大きな声で泣く、元気な赤ん坊でした」

「そんなはずはないわ。この子は私の娘です。私が産んで五歳まで育てたんですもの、私にはわかりますっ！」

声をかけた常連ジョシュアに向かってユリアが抗議する。それを聞いたもう一人の常連、ビリーが立ち上がった。

「いえ、その人の言っていることは本当です。オリビアが赤ん坊の頃は、ジェンキンズが毎朝ヤギの乳を買いにうちに来ていました。よく飲んでよく眠る健康な赤ん坊でした」

別の席からも声がかかる。今度はボブだ。

「俺はよちよち歩きのオリビアを見ています。嘘ではありませんよ」

「そんな、そんなはずはないわっ！　みんなで嘘をついてるのよ！」

「もうやめなさい。ユリア、今日はいったん帰ろう」

「あなたっ！」

「オリビアさん、すまなかった。私たちの勘違いだったようだ。仕事中に騒がせたね。失礼するよ」

オリビアの父が、泣いている母を抱きかかえるようにして店を出ていく。その後ろ姿を見送る彼女を常連たちが心配そうに見つめる。


「オリビア。勝手に口を出したが、ジェンキンズとマーガレットに頼まれていたことなんだ。でもまさか本当にこんな場面に出くわすとは思わなかったよ」

「頼まれて？　ジョシュアさん、それはいったいどういうこと？」

「俺も頼まれていた」

「俺もだ」

「ビリーさんにボブさんまで」

困惑しているオリビアに、三人の中で一番年長のジョシュアが説明してくれる。

「ジェンキンズとマーガレットは、こういう日が来ることを心配していたんだ。『もしオリビアの両親が会いにきて、オリビアが嬉しそうだったら何も言わないでいい。だが嫌がっているようだったら、あの子が無理やり連れていかれたりしないようにしてほしい。オリビアは赤ん坊の頃からここで育ったと、証言してくれないか』ってな」

「ルイーズ様の証言と俺たちの証言があればもう、オリビアが無理に連れ去られることはないさ」

「ジョシュアさん、ビリーさん、ボブさん、ありがとうございます。おじいさんとおばあさんは本当に用意周到だったんですね。助かりました」

「その言葉はジェンキンズとマーガレットに言ってやってくれ」

祖父母は、自分たちがこの世からいなくなった後のことまで心配してくれていた。オリビアの心の中で、親を拒絶した痛みと祖父母への感謝の両方が渦を巻いている。

※・・・※・・・※

ゆっくり走る馬車の中で、オリビアの母ユリアは泣いていた。泣きながら胸の内を夫にぶつけている。

「無事に生きていたんですもの、あんな野中の一軒家で暮らすより、うちで貴族として暮らすほうが絶対に幸せよ。どうしてオリビアはあんな……」

「ユリア、私たちは五歳のあの子を捨てた身だ」

「でもあなた、あれはお義父様（とうさま）が言い出したことだわ」

「それでもだよ。私たちはあの子を見捨てた。だから今、あの子に拒絶されても仕方ないんだよ」

「そんなの、認められないわっ！」

泣きじゃくる妻をなだめながら、オリビアの父は遠くを見る目になっている。

「オリビアは笑っていたな。幼いときのあの子はほとんど笑わない子だった。いつも困ったような、怯えたような顔をしている子だった。私はそれを思い出したよ。なあユリア、あの子からもう一度笑顔を奪うことは、罪だと思わないか？」

32　本物のツガイ

夜、いつもより遅い時間に帰ってきたアーサーは、店の前庭でベンチに座っているオリビアを見てギョッとした。

店の灯りは消えていて、庭は月明かりでほんのり明るい。

その庭の木製のベンチに座り、オリビアはどこを見るともなく座っていた。

「オリビア、ただいま。どうかした？」

「アーサー」

ふらりと立ち上がり、アーサーに近寄ったオリビアはためらうことなくアーサーに抱きついた。

自分に抱きついたオリビアから大量の感情と記憶が押し寄せてきて、アーサーは圧倒される。

最初に、オリビアによく似た女性と落ち着いた雰囲気の男性の姿が強く目立って流れ込んできた。

「この人たちは誰？」

「見えるの？」

「うん。ついに両親が来たのか？　顔立ちが君に似ている」

「来たわ。私のことを貴族の令嬢として社交界にお披露目して、貴族に嫁がせようとしてた。それが私のためと信じていたの」

「そんな、会っていきなり？」

「もちろん口には出さなかったけど。母の心が見えた。つまり取り繕っていない本音だわ」

「そうか」

「母は心で叫んでた。『私が産んだ子はおかしくなかった！　普通の娘だった！　みんなに知ってもらわなきゃ！』って」

「……そうか」

「理解し合えないと思った。このまま関わりを持てば、母と私は互いに昔と同じ苦しみを繰り返すことになる。だから、この紙を見せたの」

　ポケットから折り畳んだ紙を取り出して手渡した。

　アーサーはルイーズが書いた文面を読み、少し眉を寄せた。

「これって」

「私は侍女をしていた人の子供で、赤ちゃんのときからここで暮らしていたっていう意味。きっと祖母がルイーズ様に頼んだのよ」

「こんな紙まで用意していたのか。君を守ってみせるという気持ちなんだろうな」

「ええ。祖父母は私のことを本当に大切に思ってくれていたの。祖父母はここまで私のことを案じてくれていたのに、母は……自分の願いだけで心がパンパンに膨れ上がっていたわ」

アーサーが優しくオリビアの頭を撫でている。泣いているのかと思ったが、オリビアは泣いていなかった。

「虚しかった。私、いつの日か両親と再会したら、今度はわかり合えるかもって思うこともあったの。だから私に『普通』を押しつけようとする母の心を知って、もう少しで憎みそうになった。母に悪気はないのよ。それはわかってる。私を貴族社会に組み入れることが善き行いと信じて疑っていなかったもの。だからこそ、とても恐ろしかった」

「ああ、そうだったのか。それは恐ろしかったね。可哀想に」

「母を憎みたくない。だからもう私に関わってほしくない」

「ねえ、オリビア」

「何？」

「君の悲しみがとても強かったんだろうな。友達が心配して来てくれているよ」

オリビアはアーサーに回していた腕をほどいて振り返った。

森の端、木々の中にあのときの母狼がいた。アーサーを警戒して近寄らず、いつでも逃げられるように距離を取っているが、狼は心配していた。オリビアは狼に駆け寄った。

「心配させちゃったわね」

『痛い？』

「ええ。胸が少し痛い」

『胸　痛い』

狼はキューンと細く高く鳴いた。

「あなたが来てくれたら楽になった。来てくれてありがとう」

『群れ　仲間』

「私を仲間と思ってくれてありがとう」

『痛い？』

「もう大丈夫。もう痛くない。ここにいるとあなたのツガイが心配するわ」

『痛い　ない？』

「うん。もう痛くない。大丈夫」

狼は安心したのか、ゆったりした足取りで森の奥へと帰っていった。


「よほど君を心配したんだな」

「ええ。あの狼、私を仲間と言ってくれたわ」

「そうか」

「たった二度関わっただけの狼でさえ私のことを心配してくれる。なのに……」

「オリビア、それ以上言葉にするのはやめたほうがいい。それ、吐き出しても楽になる言葉じゃないよ。君の傷が深くなるだけだ。忘れたほうがいい」

「ええ、うん、そうね」


「そうだ、君に渡したい物があるんだ」

そう言ってアーサーはリュックをかき回し、小さな赤い箱を取り出した。

「これを受け取ってほしい」

「今日も何か買ってきたのね。いいのに」

そう言いつつオリビアが箱を開けると、ペンダントが収められている。

「ねえ、これってまさかエメラルドじゃないわよね？」

「エメラルドだよ。君の目の色に合わせて買ったんだ。店員には俺の目の色と同じのを贈るよう勧められたんだけど、俺の目は茶色だから。こっちのほうが綺麗だった」

「こんな高価なもの、どうして？」

「俺は君とずっと一緒に暮らしたい。オリビアを誰にも取られたくない。俺は君の夫になりたいんだ」

オリビアが無言でアーサーを見つめる。家族の重荷になって捨てられた自分を、『誰にも取られたくない』というアーサーの言葉を頭の中で繰り返している。

「傭兵になってからの俺の人生は、ただ生き残ることだけが目標だった。でも、君に会ってからは違うんだ。俺は君を守りたい。君を守るのは俺でありたい。君には俺の人生の真ん中にいてほしい。幸せな気持ちがどんなものだったか思い出せた。オリビア、俺じゃだめか？」

オリビアがもう一度アーサーに抱きついた。

「だめじゃない。だめなわけがない。私も仲良くあなたと暮らしたい。ずーっと一緒に暮らしたい。私の祖父母のように一生あなたと笑いながら暮らしたい」

まるで壊れやすいガラス細工に触れるように、アーサーがオリビアを腕の中に包み込む。

しばらく無言の二人。

「はぁ、よかった……。断られたらどうしようかと緊張した」

オリビアはまだ無言でアーサーの分厚い胸に頬を寄せている。

「それでオリビア、君は人気者だな。また君を心配して動物が来たよ」

アーサーの視線の先、ハリネズミがオリビアの近くまで来ていた。

花壇をほじくり返しながら、チラリチラリとオリビアを見上げている。

「心配して来てくれたの？　あ、餌を食べに来たのね。虫でもミミズでも、おなか一杯食べていくといいわ」

「なんだ、君を心配して来たのかと思った」

「餌を食べにきたみたい。ハリネズミはあんまり細かいことは考えていないのよ」

「ふふふ。そうなのか。可愛いな。そういえば俺も腹が減った」

「そうだったわ。夕食にしましょう」

「手伝うよ」


どちらからともなく、二人で手を繋いで店に入る。オリビアの心はだいぶ落ち着いてきていて、アーサーはホッとした。

「こうして手を繋ぐのはいいものだね」

「うん。優しい気持ちになる」

「最後に家族と手を繋いだのはいつだろう。俺はもう思い出せない」

「私もよ。手を繋ぐだけなのに、どうしてこんなに安心するのかしら」

「今の俺、心が緩みまくってる。今、敵に襲われたら危うい」

「アーサーったら」

アーサーは必死に顔を整えようとするのだが、残念ながら上手くできていない。

「ふふ、ほんとね。ふわふわした心がたくさん伝わってくる！」

「俺が浮かれるとこんな感じだよ。これからは毎日ふわふわの垂れ流しだ。覚悟してくれ」

「垂れ流しって。でもあなたのふわふわ、流れ込んでくると私まで楽しくなるわ」

「それにしても、なんで俺まで君の記憶や感情がわかるようになったんだろう。しかも俺の場合は君限定だ」

「それはたぶん」

「ん？」

「うん、まあ、それはまたいつか。さあ、食事にしましょう」


言葉を濁したのにはわけがある。

ずっと昔、「動物に生まれればよかった」と悲しく思っていた頃に、金色の鹿が『いつかお前にも本当のツガイが見つかるだろう』という意味のことを言ったことがあった。それを聞いたとき、オリビアは苦笑したものだ。

「ツガイなんて見つからない。こんな私だもの」

『ツガイ　本物　ツガイ　少ない』

「本物のツガイってなあに？　本物かそうでないか、どうやってわかるの？」

『会う　わかる』

「ふうん」

そしてあの大雨の日、ずぶ濡れのアーサーを招き入れたときにわかったのだ。招き入れた男は心が恐ろしいほどに傷だらけで、苦しんでいて、それでも全力で生きようとしていた。自分と同じ種類の人だと思った。

そう思った瞬間、（私が癒やしたい、私が寄り添って力になりたい）と一瞬で心が染まってしまった。初めて会ってどんな人間かもわからないのに、そう強く願っている自分に自分で驚いた。それはひと目惚れや恋というにはあまりに強く、使命感のような感情だった。

誰にも座らせなかった祖父の椅子を勧め、食事を出し、離れに泊まらせたのは「少しでもこの人の役に立ちたい」という思いに突き動かされたからだ。

（『会えばわかる』と金色の鹿は言っていたけど、これがそうなのかも）

ずっと自信が持てなかったが、アーサーが自分の心を感じ取れると知ったときに（この人が私の本物のツガイだ）と思った。

一緒に過ごす時間が積み重なるほど、（アーサーは私の本物のツガイ）という思いはどんどん強くなっていく。だが言い出すことはできないまま、心からも漏れないように気をつけた。

（私の口からツガイなんて押しつけがましいことは言いたくない。うん、いい、言わないでおこう。私がわかっていれば、それでいい）

そう自分に言い聞かせてきた。だから今、「オリビアを誰にも取られたくない」というアーサーの言葉がしみじみ嬉しい。

二人で夕食を食べながら、オリビアはアーサーが言うところの「ふわふわの垂れ流し」を笑いを堪えて心ゆくまで楽しんだ。

オリビアの表情と心の両方から、アーサーは自分の浮かれた心が漏れ続けているのがわかる。

途中からさすがに恥ずかしくなり、顔も耳も赤くしてスープを口に運んだ。

33　結婚の食事会

『スープの森』は臨時休業している。

オリビアとアーサーの結婚報告の食事会が店で開かれるのだ。アーサーとオリビアは常連客の他に、ルイーズとフレディも招待して会を開くことにした。

休業のお知らせは三週間前に店に貼り出され、ルイーズとフレディには手紙が送られた。

食事会の前夜、二人は店の中の配置換えをした。

「オリビア、この鉢植えはどうする？」

「全部壁際に並べてくれる？　天井からぶら下げている鉢はそのままでいいと思う」

「いや、テーブルを動かすならこれも移動しないと。頭をぶつける人がたくさん出てくるぞ」

「あっ、そうね。じゃあ、ぶら下げているのも移動で」

「了解」

ロブは二人がテーブルや椅子を動かすたびにハフハフ言いながら一緒に動き回っていたが、途中で疲れてしまったらしい。今は自分の丸いベッドで寝ている。

やがて店内はすっきりと片づき、店の中央に長く大きなテーブル席が作られた。

「よし、今日はここまでにしよう」

「じゃあ、私は料理の準備を終わらせるわね」

「あまり無理をしないでくれよ。本当なら近所の女性たちが手伝ってくれるものなんだろう？」

「そうだけど、私が作った料理を食べてもらいたいの」

オリビアは昨日から客に振る舞う料理を作り続けていた。

「前から不思議だったけど、どうしてこんなに植物が多いんだい？　世話するのも大変だろう？」

「植物は、偽りの言葉を持たないから。私が安らげるの」

「そうか。確かにそうだろうな」

それ以上は何も言わないアーサーがありがたい。アーサーはオリビアの力を知っても、一度も気味悪がらない。


いよいよ食事会の当日。テーブルの上はたくさんの料理が並べられていた。どれも店で出したことがある料理だけれど、今日は見栄えにもこだわって盛りつけてある。

食事会の開始時刻が近づき、店の常連客たちが祝いの品を手に続々と集まってくる。その他にも、店の一画にはすでにたくさんの品物が置かれている。それらはオリビアの配合した薬草にお世話になった人たちからの贈り物だ。

箱に詰められた毛糸、蜂蜜の瓶、干し野菜が詰められた籠、手作りの石鹸、大きなカボチャがひと山。気の早い人からは赤ちゃん用のおくるみや肌着が届けられていた。

ジョシュアは家族でやってきていて、妻のミラが「さあさあ、もう花嫁さんは座ってちょうだいな。温める料理は私がやっておくからね」と笑ってオリビアを椅子に座らせた。

オリビアは薄いクリーム色のワンピースを着て、アーサーから贈られたエメラルドのペンダントをつけている。そしてこの辺りの習慣に従い、頭には季節の植物で編まれた花冠を載せている。九月の今、花冠はマーガレットの白い花だ。

「本当なら料理を作るところから手伝いたかったけどね」

「ありがとう、ミラさん。でも、私が作った料理を出したかったの」

「うんうん、わかってる。どれも美味しそうだよ」

ミラはおしゃべりしながらも手早く鍋の中を確認し、火を通しすぎないように気をつけて温めた。

アーサーは普段着しか持っていなかったので、新品のシャツとズボンを買って着ている。胸のポケットにはオリビアとお揃いのマーガレットの花が挿してある。

「アーサー、そういう格好だと男っぷりが上がるな。髪型もそのほうがいい。いや、見違えたよ」

「フレディさん、からかわないでくださいよ」
苦笑するアーサーだが、フレディは本気で感心している。整った顔立ちだとは思っていたが、アーサーは顔以前に『体格のいい屈強そうな男』という印象が強い。だが糊の効いたシャツを着て、灰色の前髪を後ろに撫でつけたアーサーはとても見栄えがする。

最後に到着した客はルイーズだ。ルイーズはドレス姿だったが、他の客を威圧するような豪奢なドレスではなく品のいいもので、「裕福な商家のご隠居様」という雰囲気だ。そんな配慮にもルイーズの人柄が透けて見える。

ルイーズは数か月に一度店に来るものの、いつも事前に連絡をして昼の混雑が終わった頃に来ていた。なので常連客たちはルイーズを見かけたことはあるが、まさか王族とは思ってはいない。「田舎の食堂を利用する裕福そうなご老人」だと思われている。

最初の挨拶はルイーズが行った。
「ジェンキンズとマーガレットは今、きっとここに来ているでしょう。そして、全身全霊で愛したオリビアの幸せを喜んでいるはずです。今日結婚した二人が、末永く幸せであることをジェンキンズもマーガレットも、そして私も、心から願っています」
古い馴染み客たちはジェンキンズとマーガレットの名前を聞いて一瞬目を潤ませる。だが「祝いの席に涙は禁物」と互いに言い合って、賑やかに会を盛り上げた。

料理は「うまいうまい」と褒められ、どんどん皆の胃袋へと消えていく。ルイーズが差し入れてくれた上等なワイン十二本も飲み干された。

楽しい雰囲気のまま、結婚報告の食事会は無事に終わった。

大量に使われた食器類は女性の参加者たちがさっさと洗って拭き上げ、「じゃあ、私たちは帰るよ。今日はご馳走様。そしておめでとう！」と笑顔で告げ、酔ってご機嫌な夫たちを引っ張るようにして帰っていった。残ったのは新婚の二人。

「急に静かになったわね」

「そうだな。俺、こんなに祝ってもらうのは初めてだ。感動して胸がいっぱいだったよ」

「そう言えばアーサーはほとんど食べてなかったわね。何か食べる？」

「そうだな、パンがあればパンを。贈り物の蜂蜜をつけて食べたい。自分でやるよ」

「じゃあ私の分もお願いしていい？　私はお茶を淹れるわ」

二人で向かい合い、パンに蜂蜜をたっぷりかけて染み込むのを待ち、「甘い」「美味しい」と言いながらパンを食べ、お茶を飲んだ。外で馬車の音がするなと二人で外を見ていると、前庭に馬車が止まり、降りてくる人影が見える。オリビアが立ち上がってドアに向かうと、店の外に父がいた。

「こんにちは」

「こんにちは。この前は妻が騒いでしまって申し訳なかったね」

「いえ。今日は臨時休業なんです。せっかく来てくださったのに申し訳ありません」

「ああ、知っています。うちの使用人が一度この店にお邪魔しているんです。それで貼り紙を見て今日のことを教えてくれてね。ひと言お祝いを言いたかったんです。結婚おめでとう」

オリビアの後ろに来ていたアーサーが、やや警戒した声で口を挟んだ。

「あなたの家の使用人は、なぜこの店に来たんですか？　オリビアの様子を探らせたんですか」

「そう受け取られても仕方がないが、そうではないんだ。我が家で長年働いていた庭師が、我々の話を聞いて、ぜひオリビアの姿を見たいと申し出てきたんだ」


そう言われてオリビアは思い出した。

二週間ほど前だろうか。初めて来た老夫婦が隅の席に座り、愛想よくオリビアに話しかけ、料理を誉めて帰った。あの夫婦がそうだったのか、と思う。

夫婦揃ってきちんとしたよそ行きの服装だったので気づかなかったが、言われて思い出せば実家の庭師ならわずかに記憶がある。

「お嬢様は動物がお好きですね」

その庭師はそう言って何度かオリビアに笑いかけてくれた。特別面倒を見てもらったわけではないが、居心地の悪い実家では数少ない偏見のない態度を取る人だった。

「庭師はあなたに会えてよかった、無事に生きていてよかったと喜んでいました」

「そうですか」

「妻はあなたが結婚すると知って、あなたのことは諦めたようです。『平民として結婚してしまったら、もう我が家の娘として迎え入れることはできない』と残念がっていました」

「お気の毒ですが、私はお探しの方とは違いますので」

「ええ。それは承知しています。ですが私は年に一度でいい、ここに来てあなたの顔を見ることだけは許してもらえませんか。それ以上は何も望みません」

そこまで冷静に対応していたオリビアは、なんと答えるべきかわからなかった。父は本当に顔を見るだけで満足するのか。五歳までしか一緒に暮らしていない父のことをどこまで信じるべきか迷う。

普段は自分から人の心を探ることは避けているが、そっと父の心を探ってみる。

幾重にもカーテンで覆われたような父の心はなかなか読めなかったが、後悔と自責の念が渦を巻いているのがぼんやり読み取れた。

オリビアはこれ以上父を突き放すことができなくなった。

「お茶をいかがですか。蜂蜜を垂らしたパンでよければ出せますが」

「ああ、ありがとう。いいんですか？　結婚式で疲れたでしょうに」

「構いません。どうぞ」

台所のテーブルに父を招き、オリビアはお茶を淹れた。父は静かに身内用のテーブルに着いた。

「あの後、あなたとルイーズ様の関係を少し調べさせてもらいました。あなたを育てた方は、有名な薬師だったんですね。そして護衛騎士の妻だった」

「ええ」

「大切に育ててもらったのだということは、あなたを見ればわかります」

「そうですか」

父はたっぷり蜂蜜を垂らした薄切りパンを、上品に小さく切り分けて口に入れた。

「ああ、美味しいな。こういう食べ方をしたことがなかったが、素朴で美味しい」

「そうですね」

「オリビアさん、私は出来の悪い人間でね。家は継げましたが、最後まで優秀な父親に叱られ通しでした。何ひとつ父を超えることができないまま父を見送りました」

「それで？」

「この歳になると、後悔は重さを増します」

オリビアは何も言わず、父の言葉の続きを待った。

「私は父親の言いなりになって大切な娘を手離しました。それ以来、ずっと胸の奥に後悔が居座っているのです。私は出来が悪い息子だっただけでなく、残酷な父親なんです」

「あの、何がおっしゃりたいのでしょうか」

「あなたが別人ならそれでもいい。私に謝らせてはもらえないだろうか。私は、たった一人で森の中へと逃げた娘に、『申し訳なかった』と謝りたいのです」

そこまで言うと父は片手で両目を押さえた。

「娘が逃げ出したのは夕方だったそうです。同行していた女性がそれに気づいて、辺りが真っ暗になるまで御者と二人で探したけれど、どうしても見つけられなかったそうです。報告を聞いて、私は急いで捜索人を送り込みましたが、娘は見つかりませんでした。『狼や熊がいる森だから、もう生きてはいないだろう』と捜索した者から報告を受けました」

オリビアは揺れる心をなだめながら話を聞いている。

「それ以来、もう二十年になりますが、今も目を閉じると夜の森を一人で逃げ続ける娘の姿が目に浮かぶのです」

「もしも……もしもですが」

泣いている父が気の毒になる。

「もし私がその娘さんだったら、きっとこう言うでしょう。『五歳の私は夜の森を生き延びて、保護されて、とても幸せに暮らしてきました。だからもう、悲しむ必要も後悔で苦しむ必要もありません。あなたのことも母親のことも恨んではいません』と」

うつむいて涙を流していた父が希望の滲む目でオリビアを見る。その父に言うべきことを言わねば、とオリビアは覚悟を決めた。

「そしてこうも言うはずです。『本当に我が子の幸せを願うのであれば、どうか私のことは忘れてください』と」

「そんな！　忘れるなんてできるわけがない！　どうしてそんなひどいことを言うんだ！」

父は取り乱し、心が無防備になった。

「私、動物や人の心が読めるんです。子供の頃だって頭がおかしかったわけじゃありません。今もあなたの心が読めます。ここ数年、あなたが奥さんをもう愛していないことも、ロージーという赤毛の女性と密かに愛を育んでいることもわかってしまう。私と関わるということは、そういうことです。それでも毎年、会いに来てくれますか？」

※・・・※・・・※

遠ざかっていく馬車を見送って、オリビアとアーサーは店に入った。

「オリビア、大丈夫か？」

「ええ。言葉にしたらはっきりしたわ。私は生き続けるために実家のことは何も祖父母に話さなかった。あの家に戻されれば心が壊れてしまうことを、五歳なりに気づいていたのね。両親に会いたくなっても『あの家に帰るわけにはいかない』と自分に言い聞かせていたわ」

「……そうか。五歳の君は、頑張ったんだな」

「ええ、とても。とても頑張った」


アーサーがそっとオリビアの肩を抱き寄せた。アーサーの胸の中で、オリビアは夜の森を走り続けた五歳の自分を思い出した。

「まるで森の獣のように、私は生き続けることにずっと必死だった」

34　栗拾い

結婚後、アーサーは母屋で暮らしている。今も変わらずフレディ薬草店で働いているが、薬草採取の日は午後に薬草を届ければいいと言われている。

その日がたいてい『スープの森』の定休日なのは、たまたまではなくフレディの配慮だろう。

今日も薬草目当てのアーサーとキノコ目当てのオリビアが森を歩いている。


「キノコがたくさん。アーサー、あなたはキノコに詳しい？」

「知っているのは二、三種類だ。一度戦場で食べる物が尽きてね。見覚えがあるキノコを焼いて食べたんだけど、死ぬかと思うほど吐いて苦しんだよ。それ以来、キノコには手を出さないようにしているんだ」

「キノコは食べられる種類の近くによく似た毒キノコが生えるから」

おしゃべりをしながら薬草を摘み、キノコを採って進む。今日の行き先は大きな山栗の木。毎年落ちている栗を拾っては、豚バラ肉か鶏肉と一緒に煮込んでいる。シチューにしてもいいし、汁気を少なくしてパンに載せるおかずにしてもいい。

（今年はアーサーと二人だから、いつもよりたくさん持ち帰れるわね）

栗をどう料理しようかとオリビアはわくわくしている。しばらく歩いて目的の栗の大木に到着した。

「ここよ、見て。すごい大木でしょ？」

「これはまたずいぶん大きな栗の木だ」

「毎年、リスやイノシシと競争になるの。たまに熊も食べにくるから、油断は禁物の場所よ」

「よし、熊が来る前に拾おう」

そこから二人は無言で栗を拾う。口の開いているイガを踏みつけ、トングを使って中からツヤツヤした栗を取り出す。拾っては背中に背負っている籠にどんどん放り込む。ロブはウサギの気配に気づいて飛び出していき、なかなか戻ってこない。


アーサーは栗を見ると家族を思い出す。まだ働けない子供を二人抱えて、両親はどれだけ大変だったろうと思いながら拾っていた。

しばらくして我に返り、顔を上げたアーサーは、オリビアを見て目を丸くする。オリビアは木の根に腰を下ろし、籠から栗を取り出して手のひらに載せていた。

「さあ、いいわよ。山の恵みですもの。遠慮はいらないわ。そっちのあなたもいらっしゃい」

楽しげに笑いながらオリビアはリスたちに話しかけている。気がつけばあちこちにリスがいた。

リスは緊張した様子だったが、イガから取り出された栗の魅力には抗（あらが）えないらしい。少しずつオリビアに近寄り、最初の一匹がオリビアの手から栗を受け取ると、見ていたリスたちが我も我もと次々と彼女の身体に駆け上がる。

（山の女神みたいだ）

ついつい自分の妻に見とれてしまったが、（いやいや、栗を拾わなくては）と地面に目をやる。だが楽しそうなオリビアの心と声と姿にまた目を奪われてしまう。


「そろそろ帰りましょうか。イノシシや熊の分も残しておかないと」

「そうだな。帰ろう。あのさ、オリビア。美味しい料理も楽しみだが、ただ茹でただけの栗も食べたいんだ」

「いいわよ。ホクホクして美味しいわよね。少し塩を入れて茹でると甘さが引き立つのよ」

二人で並んで歩き、どちらからともなく手を繋ぐ。無言だが、互いの心がほんのり伝わってくる。オリビアはずっと料理のことを考えているし、アーサーは茹で栗を囲んでいる家族を思い出していた。

アーサーの中の記憶がオリビアに伝わってくる。家族は互いに労り合い、まさにひとつの群れのように結束が固かった。

（手に入らなかったものを羨むのは、だめだめ）

オリビアは、自分の娘が人の心を読めると知ったときの父の表情を思い出してしまう。

愛人の名前まで告げられて、「忘れろだなんて、なぜそんなひどいことを言うんだ」と怒りを浮かべた表情のまま固まり、次に驚愕(きょうがく)の表情になった父。最後は恐怖さえ滲ませて、父は帰っていった。おそらく二度と自分に会いにくることはないだろう。

(あれでよかったのよ。私が家族と関われば、必ずどちらかが苦痛と我慢を強いられる。最後は憎むことになるのはわかっているんだもの、心を削る関係なんて再開したくない)


ハリネズミや野鳥の母親は、子育てが終わるともう子供には関わらない。自分の縄張りを荒らされれば、我が子であっても全力で追い払う。そこに「親なのに」「我が子なのに」という恨みの感情はない。

「私ね、やっぱり動物に生まれてきたらよかったと思ったわ」

「お父さんのことか？」

「ええ。自分から仕掛けたことだけど、自分が親に怯えや嫌悪感を与えるような存在だと確認するのは、ちょっと堪(こた)えた」

「君が動物だったら、俺は困るんだけど。それで、君はいったい何に生まれたかったんだい？」

「やっぱり鹿かしら」

「金色の鹿が忘れられないんだね」

「ええ。……え？　アーサー、あなたまさか鹿にやきもちを焼いているの？」

「いや、別にそういうわけでは」

「いいえ。今、伝わってきたわよ？」

「あのね、オリビア、前から言おうと思ってたんだが、鹿って、一夫多妻だよ？　しかもメスの鹿が妊娠したら離れるし、子育ても一切しないからね？　俺は鹿とは違うからね！」

「えっ、そうなの？　私は二頭連れの鹿しか見たことないけど」

「それはたまたまじゃないかな。俺は山の中で複数のメスを引き連れているオスを何度も見たぞ」

「一夫多妻……それは嫌かも」


少しして、アーサーが照れたような表情で笑い出した。

「俺たち何を話してるんだろうな」

「そうね。人間なのにね。やっぱり人間でよかったわ。あなたに会えたもの」

「俺もだ。君がハリネズミや鹿だったら、本当に困る」

ハリネズミの妻と暮らすアーサー。オリビアは想像したらもう、笑いを堪えきれなかった。

「今夜は茹で栗と栗のシチューにしましょうね」

「楽しみだ。笑いすぎだよ、オリビア」

二人で手を繋いで歩く周囲を、指笛で戻ってきたロブがハッハッハッと荒い呼吸で楽しげに歩き回る。

（平和だ）

（平和ね）

気がつけば、互いに声に出さずに心のやり取りをしていた。

「これ、便利じゃない？」

「大声を張り上げなくても君を呼べるな」

「んー、でもね、何かに夢中になっていると、あなたの心にほとんど気がつかないのよ。何しろ今までは、できるだけ他人の心は見ないよう聞かないように気をつけていたから」

「そうか。でも、こうして互いの感情がわかるのは俺にはありがたい。俺は言葉が達者じゃないからね」

（そういうところも好き！）

いきなり飛び込んできたオリビアの心の声に、アーサーが赤くなった。

「不意打ちはずるい」

「じゃあ、言葉で伝えます」

照れて視線を逸らすアーサーが、オリビアは心から愛しい。

シチューを作りながら、金色の鹿を思い出す。

金色の鹿は何度か「お前は人間だ」と言っていた。そのときはその言葉を額面通りにしか受け取らなかった。

だが、ツガイの意味が鹿と人間では全く違うのだと今更ながらに気づく。

「そうね。鹿と人間は違うわね。私は誰かの唯一の存在でありたいし、相手にも、私の唯一の伴侶でいてほしい。それが私にとっての本物のツガイだわ」


その夜の店のメニューは、栗と豚バラのシチュー、青菜とニンジンのサラダ、パンだった。

秋の恵みは客たちに好評だ。

「これを食べると秋が来たなと思うよ」

「毎年、秋はこれをお出ししていますものね」

「マーガレットと同じ味つけなのが懐かしいな。そしてうまい」

「ありがとうございます」

二人の夕食のときは、アーサーから微笑ましい記憶が流れてくる。アーサーにとって栗は、家族のいい思い出と結びついていた。

「うまい。俺にとって栗は、故郷を思い出す味だ」

「そうなのね。食べ物のいい思い出があるのは幸せね。これからは二人の思い出の味をたくさん作りましょう」

「料理上手な君となら、たくさんの思い出の味ができそうだ」

二人で向かい合って食事をし、二人で眠る。平穏で穏やかで、オリビアは祖父母が亡くなって以来、こんなにくつろいだことはない。


二人は今、祖父母の部屋を改装しながら使っている。そこそこ広さがある部屋だが、最近はアーサーがロフトを作っている。

「君、俺に遠慮して夜は一階で本を読んだり手仕事したりしているだろう？」

「ええ、灯りが眩しいのは迷惑かと思って」

「離れるのは寂しいから、俺は同じ部屋にいてほしい。屋根までの空間を使えば、ロフトに君の場所を作れる。俺が寝ている間も一緒の部屋にいられるじゃないか」

「ええ、そうね」

大柄で筋肉質で剣の腕もいいアーサーが「離れるのは寂しい」と言ってくれるのが、嬉しい微笑ましい。そこでふと思った。

「あなたが育った場所に一度一緒に行きたいわ。あなたのご家族に『結婚しました』って報告したいの」

話している途中、アーサーがたった一人で家族を埋葬した記憶が流れ込んできた。そのときのアーサーがどんな気持ちだったかも。

オリビアは笑顔を必死に保った。勝手に知ってしまったことを申し訳なく思うほど、つらい記憶だった。

「それは構わないよ。でも往復の時間を考えると馬車を使っても十日は店を休まないとならないけど」

「私はいいわよ。事前に貼り紙をしておけばいいんだし。あなたこそ薬草店はいいの？」

「フレディさんには、結婚は一生に一度のことだから、休みを取っていいと言われているんだ」

「じゃあ、行きましょう。あなたが育った場所へ」

「いいね。俺が泳ぎを覚えた湖、俺が走り回った森、君に見せたいよ」

「じゃ、決まりね。連休にすることをお知らせしたいから、三週間後でいい？」

「もちろんだ」


二人は二階に上がり、寝室の窓を開けた。

窓辺に二人並んで立つと、夜の森がはるか遠くまで黒く広がっているのが見える。

外からひんやりとした秋の風が吹き込んできて、オリビアの髪を揺らして通り過ぎていく。

森からはフクロウの鳴き声が、庭からは虫の音が聞こえてくる。

「お出かけ、楽しみだわ」

「俺もだ。自慢の妻を連れてきたよと、両親と妹に報告しなくては」

オリビアがアーサーを見上げて微笑み、アーサーはそっと彼女の肩を引き寄せた。

書き下ろし番外編

祖父母の願い

それはオリビアが十歳のときのこと。

「おじいさん、今日はどこに行くの？」

「マーローの街へ行こう。買い物に付き合っておくれ」

街と聞いてオリビアの表情が曇る。オリビアは人の心が怖い。たくさんの人がいれば、たくさんの心の声が聞こえてくる。だからマーローの街は苦手だ。

「嫌かい？」

「嫌じゃないけど、おうちのほうが好き」

「そうか。だけどね、オリビア。オリビアの着ている服も、台所の鍋や皿も、肉やパンも、全部マーローの街から仕入れているだろう？」

「うん」

「今はマーガレットや私が仕入れているが、オリビアが大きくなったら、その仕事はオリビアがしなければならないんだ」

祖父の言葉と同時に『いつまでもこの子のそばにいてやりたいが、そうもいかない』という心の声が聞こえてくる。その言葉の意味を、十歳のオリビアは理解した。

（祖父母は、いつか自分たちが神の庭へ旅立った後の私を心配してくれている）とオリビアは悲しい気持ちで悟る。

「一緒に行きます」

「よし、いい子だ」

祖母のマーガレットに見送られ、祖父と二人で馬に乗る。馬も相当な年寄りだが、ジェンキンズを心から慕っている老馬は、『うれしい　うれしい』と役に立てることを喜んでいる。

二人は、最初に精肉店に入った。

「いらっしゃい、まいど。今日はなんの肉を？」

「豚肉を頼むよ。これをマーガレットから預かってきた」

ジェンキンズがメモを渡すと、店員は一度奥に入り、大きな肉の塊を運んできた。

「豚のもも肉を三キロ、牛のすね肉を五キロ。これでよろしいですか」

「それと、鶏も二羽」

「へい」

羽をむしり、内臓を抜き取られた鶏が運ばれてくる。男の心は落ち着いていて、何も聞こえてこない。そのことにオリビアがホッとしていたときだ。

『ああ、背中が猛烈にかゆい。我慢我慢。客の前で背中をかくわけにはいかないからな。それにしても、何に刺されたんだろうなあ。いつまでもかゆみが引かない』

オリビアは最初から最後まで口を開かず、ジェンキンズの背中に隠れるようにして、買い物が終わるのを待っていた。外に出て、祖父がオリビアを馬に乗せようとしたとき。

「さあ、次は小間物店だよ。白い糸をひと束、黒い糸を二束だ」

「おじいさん、ちょっとだけ今のお店に戻ってもいい？」

「ああ、行っておいで」

ジェンキンズが「なにか買いたいのかい？」と声をかけたときには、オリビアはもう店の中だった。

オリビアは店に入り、精肉店の奥で帳簿をつけている男に声をかけた。

「あのう。これ、使ってください」

小さな手の上には、直径四センチほどの銀色のブリキの缶。受け取った店主が蓋を回して開けると、スーッとする香りの軟膏（なんこう）が詰められていた。

「お嬢さん、これは？」

「かゆみ止めです。さっき、『かゆい』って言っていたから」

「あれ？　俺、声に出してた？」

「うん」

「これは、マーガレットさんの薬かい？」

「はい。虫に刺されたらすぐに使いなさいって、いつも持たされているんです」

「もらっていいの？　ありがとうね。使い切ったらマーガレットさんのところまで買いに行くよ」

オリビアはこくりとうなずいて、走ってジェンキンズの元へ戻った。

ジェンキンズは、オリビアに店の場所と名前と注文の仕方を見せて教えながら、四軒の店で買い物をした。森のほとりの家に帰ると、オリビアは庭に行き、蝶（ちょう）やアリを眺めている。

「お買い物、助かったわ」

「なあ、マーガレット、オリビアは精肉店の店主に、何か薬を渡していたぞ。なんであんなことをしたんだろうな」

「あら、そうなの？」

マーガレットが壁にかけられているオリビアの肩かけカバンの中を見る。

「かゆみ止めがなくなっているわね」

「そうか。店主は何も言ってなかったが」


三日後、ジェンキンズ・ダイナーに精肉店の男がやってきた。

「マーガレットさん、お嬢さんにいただいた軟膏がよく効いたんですよ。まだ少しかゆみが残っているので、あの軟膏を売ってもらえませんか？」

「はい、これね。どうぞ」

「いやあ、お客さんの前で背中がかゆいなんて、うっかり声に出していたらしくて。お嬢さんに気を使わせました。お恥ずかしい」

そう言って苦笑しながら帰っていく男の背中を、スープをかき回していたジェンキンズが窓から見送った。マーガレットを振り返り、なんとも微妙な顔をする。

「なあ、マーガレット、ちょっといいか。オリビアは今、どこにいる？」

「オリビアなら、近くの森で薬草を摘んでいますよ。どうしたの？　オリビアに聞かれたくない話？」

「あの店主は、絶対にかゆみのことなんて言わなかった。それは間違いない。あの子は、もしかしたら特別な能力を持っているんじゃないだろうか。考えすぎだろうか」

マーガレットはそれを聞いても表情を変えず、黙って夫の顔を見ている。

「驚かないんだな」

「私も同じように感じたことが、何度もあるの。あの子が街に行きたがらないのは、そういう理由じゃないかと思ってる。実はね……」

マーガレットは、自分の左手の人差し指の傷を見る。

「うっかりナイフでここを切ってしまったときね、私、声なんて出さなかった。急いで布を巻いて押さえていただけ。なのに、『痛いっ！』って思った次の瞬間に、二階からオリビアが血相を変えて駆け下りてきたことがあるわ」

それを聞いたジェンキンズは、鍋を火から下ろして、マーガレットの向かいに座った。

「そう言われてみれば、俺も似たようなことがある。森の中で急にオリビアが『あっちには行きたくない』と言い出したことがあった。でも理由を聞いても言わないんだよ」

「それで？」

「狼が毛を逆立ててこっちを睨んでいたんだ。子育て中の狼の巣穴に近づいていたんだよ。だが、巣穴はオリビアからは絶対に見えない藪(やぶ)の向こうだった」

マーガレットは額に手を当てて目をつぶる。

「ジェンキンズ、あなた、そんな大変な出来事を、今まで私に内緒にしていたのね？」

「言えば心配しただろう？　何も起きなかったんだ。今はそれを怒るな。俺が言いたいのはそうじゃなくて……」

「オリビアは人間や動物の心の声が聞こえる、とか？」

ジェンキンズが目をパチパチと瞬く。

「お前もそう思うのか」

「ねえ、ジェンキンズ、動物はともかく、あなた、人間の本音を聞きたいと思う？」

ジェンキンズは妻の顔を眺め、ゆっくりと首を振った。

「嫌だね。想像しただけでぞっとする。常識や理性で押さえられている他人の心の奥底なんて、知りたくもない」

「オリビアは、それで逃げ出したんじゃないかしら。貴族の家で、人の本音が聞こえてしまう子供が暮らしていたとしたら、それはどんな生活かしらね」

「貴族の親にもよるだろうが、俺が想像する通りだったとしたら……毎日が苦しいな。心が休まらないだろう。人間が怖くなるよ」

マーガレットが静かにお茶を飲む。

「あの日、あの子はその苦しみから逃げてきたんじゃないかしら。『家に戻さないで、ここにおいてください』って、泣きながら繰り返していたわね」

「あの子に接するときに、嘘はだめだな」

「ええ、あなた。それと、この話は絶対に人に話してはだめよ。フレディにもね」

「ああ、わかってるさ」


その日の夕食で、マーガレットはオリビアにこんな提案をした。

「ねえ、オリビア、犬か猫を飼いましょうか？」

「どうして？」

「あなたが寂しいんじゃないかと思ってね。ここはお客さんも大人ばかりだし、オリビアは同じ年頃の友達が近所にいないでしょう？」

オリビアは鹿肉の煮込みを嚙んでいたのだが、顎の動きを止めてマーガレットをじっと見る。

エメラルド色の瞳が自分の心を見透かしているようで、マーガレットは少々落ち着かなくなった。

エメラルドには精霊の力が宿ると言われるが、この子にも精霊の力が宿っているのだろうか、と自分らしくもないことを考えてしまう。

「いらない。犬も猫も、寿命が短いんでしょう？」

「人間よりはね」

「死んでいくとき、そばにいてやりたいけど、そばにいたくないの」

「そう……オリビアが寂しくないならいいけど」

「寂しくない。おじいさんとおばあさんがいるもの。お友達はいらない。犬と猫も、いらないの。何もいらない。おじいさんとおばあさんがいてくれたら、それでいい」

オリビアの目が潤んだ。

「よしよし。お友達も犬もいらないのね。わかったから、泣かないの。オリビアが嫌がることなら、無理強いなんてしないわ」

「でも、行きたくないのに、マーローの街に行きなさいって、言ったもん」

「ええ、言ったわね。なんでかわかる？」

オリビアが、ふるふると首を振る。

「人はね、人と関わらずには生きていけないの。買い物をするにはお金がいるし、お金を稼ぐには人と関わらなきゃならない。あなたも人と関わって生きていかなきゃならないの」

『それに、私たちが死んだら一人になってしまうわ』

ついうっかり、そう心でつぶやいてしまった。

鹿肉を口に入れたまま、静かにオリビアが泣き出した。ぼろぼろと涙をこぼして泣くオリビアを抱きしめて、マーガレットは『しまった』と自分に腹を立てた。

「人間はね、悪いこともするけど、いいこともするの。だからすべての人を避けないでほしい。いつかあなたも、私たち以外の誰かと一緒に暮らせるといいわねえ」

「そんな人いないもん」

「いいえ、いるわ」

「いないもん！」

「おい、マーガレット、余計に泣かせてどうする」

泣いているオリビアを、ジェンキンズが抱き上げ、膝に乗せて椅子に座る。

「よしよし。泣くな。俺もマーガレットもまだまだ元気に長生きする。それにオリビアはいつか他の誰かと幸せに暮らすようになる」

「ほんとに？」

「ああ、ほんとだ。きっとオリビアにはオリビアにぴったりの人が現れるし、会えばわかるぞ。俺もマーガレットを初めてお城で見たとき、この人が俺と結婚する人だってわかったんだ」

「ほんとに？　見ただけで？」

「そうだ。すぐにわかった。オリビア、そういう人を見つけたら、逃しちゃだめだ。優しくしてやりなさい」

「うん」


オリビアの機嫌が直り、また夕食の続きが始められた。

※・・・※・・・※

オリビアが十五歳のとき。

前庭の隅に痩せ衰えたアナグマがうずくまっていたことがあった。

「野の動物が傷ついたり弱ると、その身体にいたダニやらノミやらが血を求めて人間に寄ってくるの。可哀そうだけど家に入れてはいけないよ」

マーガレットがそう言うと、オリビアは黙ってうなずいた。マーガレットはオリビアが傷つかないよう「野の動物が死ぬと」言わずに、「弱ると」言い換えていた。

オリビアはいつも聞き分けがいい。薪小屋の屋根の下に空き箱を置き、ぼろ布を敷く。そこにアナグマを入れて、オリビアはつきっきりの看病を始めた。

後ろ脚についている何者かの噛み痕に傷薬を塗り、器に水を汲んで口元まで運んで飲ませる。アナグマはうずくまったままで、水以外は何も口にしない。


四日後、オリビアが「アナグマに柔らかい肉を食べさせたい」と言い出した。

マーガレットが味をつけずに煮込んだ鶏肉を手渡すと、オリビアはいそいそとアナグマのところに運ぶ。アナグマはガツガツと肉を食べた。

助からないだろうと思われたアナグマは、少しずつ目に力が戻り、食欲も出て、二週間ほどで森へと帰っていった。


「寂しくなったわね」

「ううん。アナグマは森に帰れることを喜んでいたから。……たぶんだけど」

「きっと喜んでいたわね」

「ねえ、おばあさん、私、もっと薬草の勉強をする。もっともっと使い方を勉強したい。そして、『助けて』ってうちに来た動物を助けてやりたいの」

「いいわよ。私の知識を全て教えてあげる。その代わりに、人間の病気のことも知ってほしいの。人間も野の動物も同じ。苦しんでいる人に寄り添える薬師になってほしいわ」

「薬師に？　私が？」

「そう。薬のことだけを知っていても、薬師にはなれない。人間のことも薬のことも知って、初めて薬師なの」

「私、人間は苦手なのに」

「それでもよ、オリビア。どうか人間を恐れないで。あなたには人間の素晴らしさも知ってほしいの」

「人間は苦手。私……動物に生まれたかった」

マーガレットがオリビアの手を両手で包む。

そうつぶやいたオリビアが痛ましくて、マーガレットは言葉をのむ。

『この子がずっと抱えてきた苦しみがどんなものであれ、私たちの愛で癒やしてあげたい』

オリビアの柔らかい髪を撫でながら心の中でそう願う。するとオリビアは即座に微笑み、幸せそうな表情で「ありがとう、おばあさん」とつぶやいた。

あとがき

私が『スープの森』を書き始めたきっかけは、一日中繰り返される戦争のニュースでした。コロナで人と会わなくなった生活にも疲れてきたころに戦争が始まり、どこへも吐き出しようのない、暗澹とした気持ちに圧し潰されそうになりました。

「こんな時こそ、ひたすら癒やされる話を読みたい」と思いました。

「優しい人が優しい気持ちを誰かに分け与え、それが様々な形でいろんな人の間を巡って、優しい思いやりの波紋を広げるような、そんな話がいい」と思ったのです。

「善良な人たちの平凡な暮らしを描きながら、動物と人間の心の声や感情を読み取ってしまう女性を描こう。彼女の平凡な暮らしの中に現れる、小さな宝物のような場面を描きたい」

『スープの森』は、そういう願いから生まれました。


主人公のオリビアは、動物たちのまっすぐな心の声に癒やされ、人の心の複雑さに戸惑いながら成長し、人と距離を置いて生きていた女性です。心を許すのは動物と、自分を育ててくれた祖父母のみ。

オリビアは人を恐れはしますが、決して人を憎まず、攻撃もしません。なぜなら相手が自分を傷つける真の理由を読み取ってしまうからです。

人の言動には、必ずそうさせる何かが心にあることを、オリビアは幼いころから知っていました。だから自分が傷ついても相手を憎まず攻撃せず、静かに距離を置く。そうやって自分の心を守っていたのです。

そんな彼女が、初対面のアーサーには思わず心を開きます。不愛想で不器用で、でも誠実な彼は、心が酷く傷だらけでした。うっかりその心の内を知ってしまったオリビアは、アーサーを見過ごせなくなります。アーサーに対して見返りを求めない救いの手を差し伸べているうちに、いつしか固く閉ざしていたアリビア自身の心の扉が開きます。


人の心が読めるばかりに心を閉ざしていたオリビア。

生きるために傭兵になり、心の痛みに耐えられなくなったアーサー。

その二人を見守る多くの人々。

登場人物たちを、優しい味のスープや手作りのお茶が繋ぎます。

オリビアを愛した祖母マーガレットの『人間を信じられるようになるといいわね』という願いは、この先の長い時間をかけてきっと叶えられるはずです。

『動物に生まれてくれればよかった』と自分の能力を悲しんでいたアリビアが、アーサーと手を取り合って前向きに生きるように変わっていく過程を、どうぞゆっくりお楽しみください。

本作にすばらしいイラストを描いてくださったのは、むに先生です。

完成した、むに先生のカバーイラストを初めて見せていただいたときの感動は、忘れることができません。「私がイメージしていたのは、まさにこんな感じです！」と思いました。

心の中に曖昧に存在していたイメージが、くっきりと具体的な姿になって描かれている感動。本当に鳥肌が立つ思いでした。

懐かしさを感じる『スープの森』の店内。緻密に描き込まれた植物と森の動物たち。穏やかな表情のオリビアとアーサー。二人が決して陽気に笑っていないところがとても嬉しかったです。なぜならこのお話は、傷つき苦しんだ過去を抱えながらも明日に希望を持って生きる二人のお話だからです。「むに先生、私の意図を汲みとっていただき、ありがとうございます」と深く感謝いたしました。


本書をお手に取ってくださった皆様が優しい気持ちになりたいときはもちろんのこと、つらいときや疲れたときにも、この『スープの森』が、明日を生きるための小さな励みになれたらと願っております。

二〇二三年三月吉日　守雨

守雨好評既刊

商才を隠し持つ令嬢と
“野蛮な戦闘狂”将軍の
誤解と取引から始まる恋物語

小国の侯爵令嬢は敵国にて覚醒する（上・下）

著：守雨　　イラスト：藤ヶ咲

ベルティーヌは豊かな小国の宰相の娘として育った侯爵令嬢。しかし結婚を目前に控えたある日、戦争の賠償金の一部として戦勝国の代表・セシリオに嫁げと王命が下る。絶望と諦めを抱えて海を越えたベルティーヌだが、到着した屋敷にセシリオは不在で、使用人達からは屈辱的な扱いを受ける。「親も身分も頼れない。この国で生きて力をつけてやる」そう覚悟した彼女は屋敷を飛び出し、孤立無援の敵国で生きるための道を切り拓いていく――。

漫画
西野まほろ

束原ミヤコ
椎名咲月
捨てられ令嬢は錬金術師になりました。稼いだお金で元敵国の将を購入します。
3

追放された騎士好き聖女は今日も幸せ
結生まひろ
いちかわはる

この本を読んでのご意見・ご感想・ファンレターをお待ちしております。
＜宛先＞〒 104-8357　東京都中央区京橋 3-5-7
（株）主婦と生活社　PASH! ブックス編集部
「守雨先生」係
※本書は「小説家になろう」（https://syosetu.com）に掲載されていたものを、改稿のうえ書籍化したものです。
※この作品はフィクションであり、実在の人物・団体・法律・事件などとは一切関係ありません。

スープの森
～動物と会話するオリビアと元傭兵アーサーの物語～

2023年5月12日　1刷発行

著者	守雨
イラスト	むに
編集人	山口純平
発行人	倉次辰男
発行所	株式会社主婦と生活社 〒 104-8357　東京都中央区京橋 3-5-7 03-3563-5315（編集） 03-3563-5121（販売） 03-3563-5125（生産） ホームページ　https://www.shufu.co.jp
製版所	株式会社明昌堂
印刷所	大日本印刷株式会社
製本所	共同製本株式会社
デザイン	ナルティス（粟村佳苗）
編集	堺香織

　ISBN978-4-391-15937-0